人物《じんぶつ》で探《さぐ》る！
日本《にほん》の古典《こてん》文学《ぶんがく》

清少納言《せいしょうなごん》と紫式部《むらさきしきぶ》

枕草子《まくらのそうし》
源氏物語《げんじものがたり》
更級日記《さらしなにっき》　竹取物語《たけとりものがたり》ほか

人物《じんぶつ》で探《さぐ》る！ 日本《にほん》の古典文学《こてんぶんがく》 清少納言《せいしょうなごん》と紫式部《むらさきしきぶ》

※本書《ほんしょ》で紹介《しょうかい》している作品《さくひん》のタイトル下《した》にあるアイコンは、物語《ものがたり》は作《つく》り物語《ものがたり》、日記《にっき》は日記《にっき》・紀行文学《きこうぶんがく》、随筆《ずいひつ》は随筆文学《ずいひつぶんがく》のことをさします。

清少納言《せいしょうなごん》と紫式部《むらさきしきぶ》が活躍《かつやく》した平安時代《へいあんじだい》

比《くら》べてみよう

平安時代《へいあんじだい》を代表《だいひょう》する二大女流作家《にだいじょりゅうさっか》

今《いま》から一〇〇〇年《ねん》ほど前《まえ》、宮廷《きゅうてい》で活躍《かつやく》した女流作家《じょりゅうさっか》に清少納言《せいしょうなごん》と紫式部《むらさきしきぶ》がいました。ライバルといわれた二人《ふたり》について見《み》ていきましょう。

日常《にちじょう》をあざやかに切《き》り取《と》った

清少納言《せいしょうなごん》

平安時代中期《へいあんじだいちゅうき》の歌人《かじん》・作家《さっか》。本名《ほんみょう》や生《う》まれた年《とし》などは、はっきりとわかっていない。平安時代《へいあんじだい》のすぐれた歌人《かじん》の一人《ひとり》に数《かぞ》えられる。父《ちち》や祖父《そふ》も『古今和歌集《こきんわかしゅう》』などに選《えら》ばれた有名《ゆうめい》な歌人《かじん》だった。

一条天皇《いちじょうてんのう》の中宮《ちゅうぐう》▼55ページ（のち皇后《こうごう》）である定子《ていし》に、女房《にょうぼう》▼11ページとして仕《つか》えた。和歌《わか》や漢詩《かんし》の豊《ゆた》かな知識《ちしき》と、社交《しゃこう》的《てき》で明《あか》るい性格《せいかく》の持《も》ち主《ぬし》で、定子《ていし》から大切《たいせつ》にされた。

夜《よ》をこめて
鳥《とり》の空音《そらね》は
謀《はか》るとも
よに逢坂《おうさか》の
関《せき》は許《ゆる》さじ

（百人一首《ひゃくにんいっしゅ》におさめられている清少納言《せいしょうなごん》の和歌《わか》）

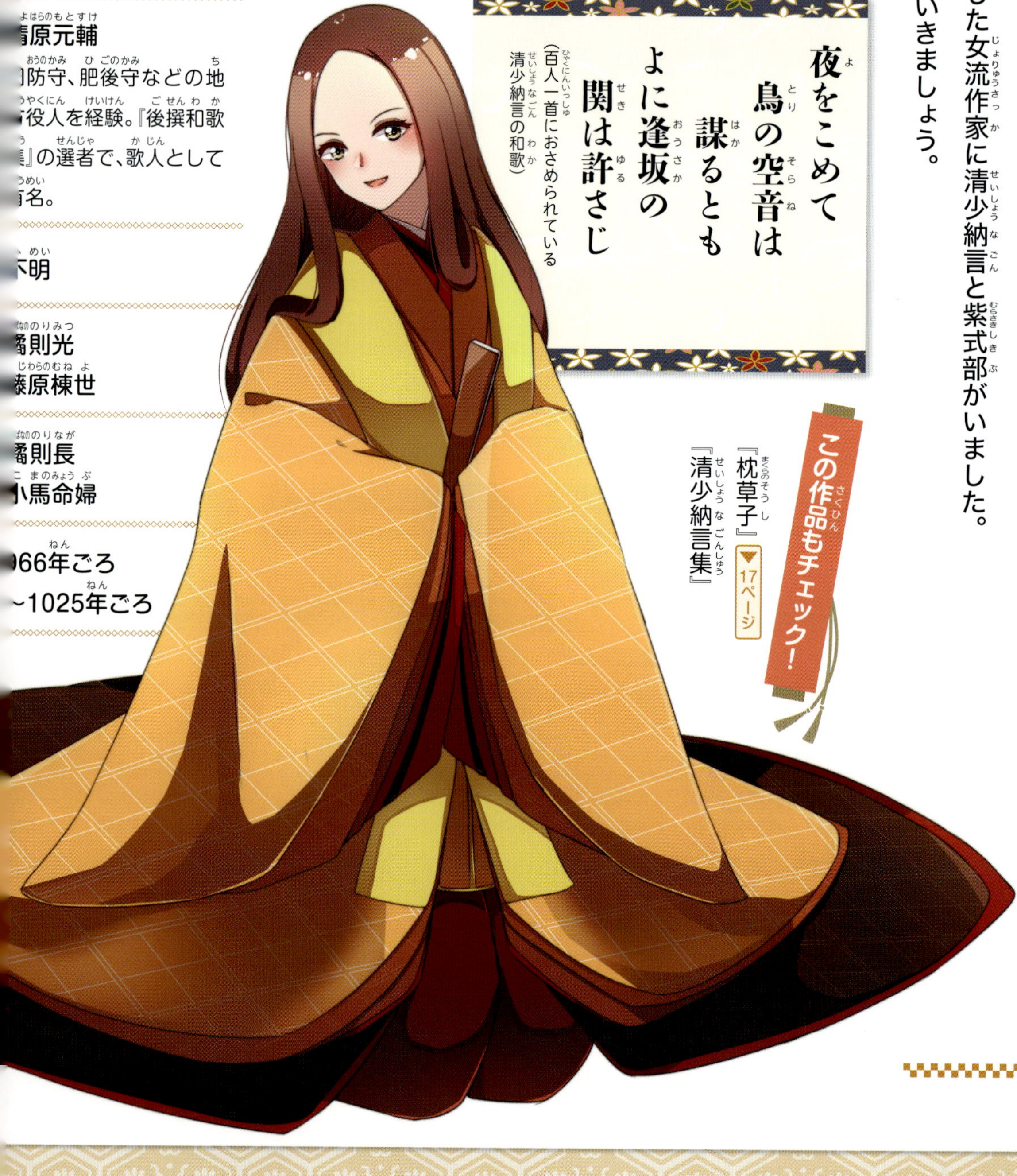

この作品《さくひん》もチェック!

『枕草子《まくらのそうし》』▼17ページ

『清少納言集《せいしょうなごんしゅう》』

宮定子

条天皇《じょうてんのう》の中宮《ちゅうぐう》。一度《いちど》出《しゅっ》するが、一条天皇《いちじょうてんのう》の強《つよ》愛情《あいじょう》で宮中《きゅうちゅう》にもどる。子《し》が中宮《ちゅうぐう》となったのち皇后《こうごう》となった。皇子《おうじ》をむが、この皇子《おうじ》は天皇《てんのう》なれなかった。定子《ていし》は4歳《さい》の若《わか》さで亡《な》くなる。

不明《めい》

清原元輔

防守、肥後守《ひごのかみ》などの地《ち》役人を経験《けいけん》。『後撰和歌《ごせんわか》集』の選者《せんじゃ》で、歌人《かじん》として有名。

不明《めい》

橘則光

藤原棟世

橘則長

小馬命婦

966年《ねん》ごろ

~1025年《ねん》ごろ

はなやかな物語《ものがたり》の世界《せかい》をえがいた

紫式部《むらさきしきぶ》

平安時代中期《へいあんじだいちゅうき》の歌人《かじん》・作家《さっか》。本名《ほんみょう》は不明《ふめい》。生《う》まれた年《とし》は九七三年《ねん》ごろとされている。一条天皇《いちじょうてんのう》の妃《きさき》である彰子《しょうし》に、女房《にょうぼう》として仕《つか》えた。女房《にょうぼう》としての当時《とうじ》の正式《せいしき》な名前《なまえ》は「藤式部《とうしきぶ》」、「紫式部《むらさきしきぶ》」という名《な》は通称《つうしょう》で、もとはニックネームのようなものと考《かんが》えられる。

漢詩《かんし》や漢文《かんぶん》の知識《ちしき》が豊富《ほうふ》で、ドラマチックな物語《ものがたり》をつくるのが上手《じょうず》だったため、彰子《しょうし》から愛《あい》された。性格《せいかく》はおとなしく、ものごとを深《ふか》く考《かんが》えるタイプだった。

めぐり逢《あ》ひ《（い）》て
見《み》しやそれとも
わかぬ間《ま》に
雲《くも》がくれにし
夜半《よわ》の月《つき》かな

（百人一首《ひゃくにんいっしゅ》におさめられている
紫式部《むらさきしきぶ》の和歌《わか》）

この作品《さくひん》もチェック!

『源氏物語《げんじものがたり》』▼49ページ

『紫式部日記《むらさきしきぶにっき》』▼36ページ

『紫式部集《むらさきしきぶしゅう》』

比《くら》べてみよ

仕《つか》えた人《ひと》	中宮彰子《ちゅうぐうしょうし》 一条天皇《いちじょうてんのう》の中宮《ちゅうぐう》。のちの天皇二人《てんのうふたり》を生《う》み、父《ちち》である藤原道長《ふじわらのみちなが》の権力《けんりょく》を強《つよ》めた。87歳《さい》で亡《な》くなる。
本名《ほんみょう》は?	不明《ふめい》
父親《ちちおや》は?	藤原為時《ふじわらのためとき》 越前守《えちぜんのかみ》、越後守《えちごのかみ》などの地方役人《ちほうやくにん》を経験《けいけん》。中国《ちゅうごく》の文学《ぶんがく》にくわしく、漢詩人《かんしじん》、漢学者《かんがくしゃ》として有名《ゆうめい》。
母親《ははおや》は?	藤原為信女《ふじわらのためのぶのむすめ》
結婚相手《けっこんあいて》	藤原宣孝《ふじわらののぶたか》
子《こ》どもは	藤原賢子《ふじわらのけんし》（大弐三位《だいにのさんみ》）
生没年《せいぼつねん》は	973年《ねん》ごろ ～1019年《ねん》ごろ

見《み》てみよう 二人《ふたり》がくらした「平安京《へいあんきょう》」

清少納言《せいしょうなごん》と紫式部《むらさきしきぶ》の共通点《きょうつうてん》は、宮仕《みやづか》え▼11ページをしながら作品《さくひん》を書《か》いたことです。「宮《みや》」つまり天皇家《てんのうけ》の人《ひと》や貴族《きぞく》がいた宮廷《きゅうてい》（朝廷《ちょうてい》）は、今《いま》の京都府京都市《きょうとふきょうとし》にありました。

平和《へいわ》な世《よ》へ 願《ねが》いをこめてつくられた 平安京《へいあんきょう》

七九四年《ねん》、桓武天皇《かんむてんのう》によって、都《みやこ》が長岡京《ながおかきょう》から平安京《へいあんきょう》に移《うつ》された。平安京《へいあんきょう》という名前《なまえ》には、「平和《へいわ》で安《やす》らかな国《くに》になるように」との願《ねが》いがこめられている。

平安京《へいあんきょう》の特色《とくしょく》は、タテ・ヨコの道路《どうろ》が網目《あみめ》のように規《き》則正《そくただ》しく整備《せいび》されていること。これは、中国《ちゅうごく》の長安《ちょうあん》の都《みやこ》をまねている。

都《みやこ》の一番北側《いちばんきたがわ》には、政治《せいじ》の中心《ちゅうしん》「大内裏《だいだいり》」があり、そこから南北《なんぼく》に「朱雀大路《すざくおおじ》」という道幅約《みちはばやく》八四メートルの大《おお》きなメイン道路《どうろ》が走《はし》る。朱雀大路《すざくおおじ》の東側《ひがしがわ》が「左京《さきょう》」、西側《にしがわ》が「右京《うきょう》」。「右京《うきょう》」より「左京《さきょう》」のほうが発展《はってん》していた。

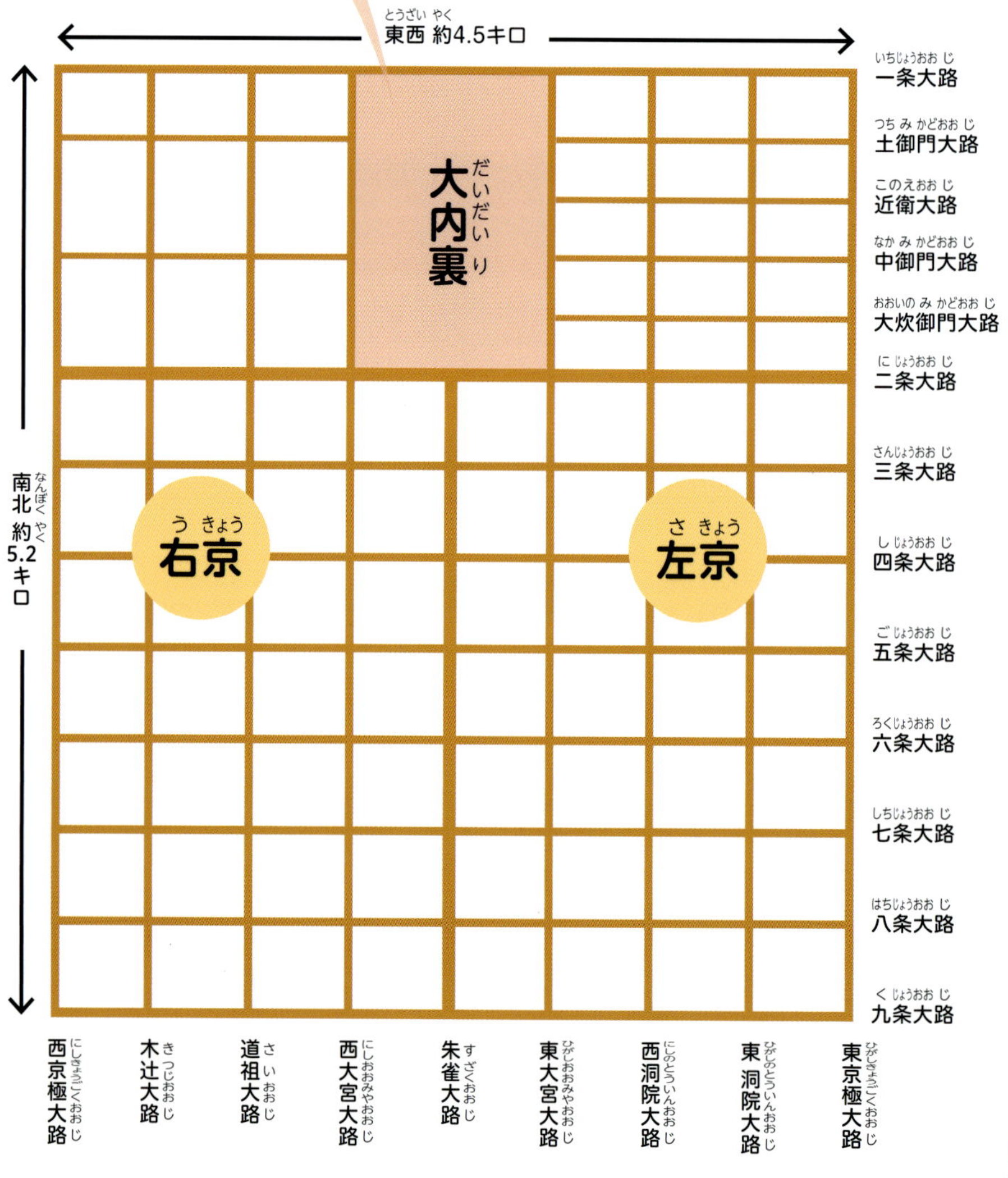
東西《とうざい》 約《やく》4.5キロ
南北《なんぼく》 約《やく》5.2キロ
大内裏《だいだいり》
右京《うきょう》
左京《さきょう》
一条大路《いちじょうおおじ》
土御門大路《つちみかどおおじ》
近衛大路《このえおおじ》
中御門大路《なかみかどおおじ》
大炊御門大路《おおいのみかどおおじ》
二条大路《にじょうおおじ》
三条大路《さんじょうおおじ》
四条大路《しじょうおおじ》
五条大路《ごじょうおおじ》
六条大路《ろくじょうおおじ》
七条大路《しちじょうおおじ》
八条大路《はちじょうおおじ》
九条大路《くじょうおおじ》
東京極大路《ひがしきょうごくおおじ》
東洞院大路《ひがしのとういんおおじ》
西洞院大路《にしのとういんおおじ》
東大宮大路《ひがしおおみやおおじ》
朱雀大路《すざくおおじ》
西大宮大路《にしおおみやおおじ》
道祖大路《さいおおじ》
木辻大路《きつじおおじ》
西京極大路《にしきょうごくおおじ》

政治《せいじ》がおこなわれた 大内裏《だいだいり》

天皇《てんのう》が中心《ちゅうしん》となり、貴族《きぞく》や役人《やくにん》が政治《せいじ》をおこなうところ。平安京《へいあんきょう》の中央《ちゅうおう》の一番北《いちばんきた》のはしにある。大《おお》きさは、東西《とうざい》に約《やく》一・二キロ、南北《なんぼく》に約《やく》一・四キロ。

大内裏《だいだいり》の中心《ちゅうしん》に「大極殿《だいごくでん》」があり、その南側《みなみがわ》に「朝堂《ちょうどう》院《いん》」がある。朝堂院《ちょうどういん》の西側《にしがわ》には「豊楽院《ぶらくいん》」がある。そして、まわりには太政官《だいじょうかん》、宮内省《くないしょう》、大蔵省《おおくらしょう》など、二官八省《かんしょう》（政治《せいじ》を分担《ぶんたん》しておこなう役所《やくしょ》）の建物《たてもの》が並《なら》んでいた。

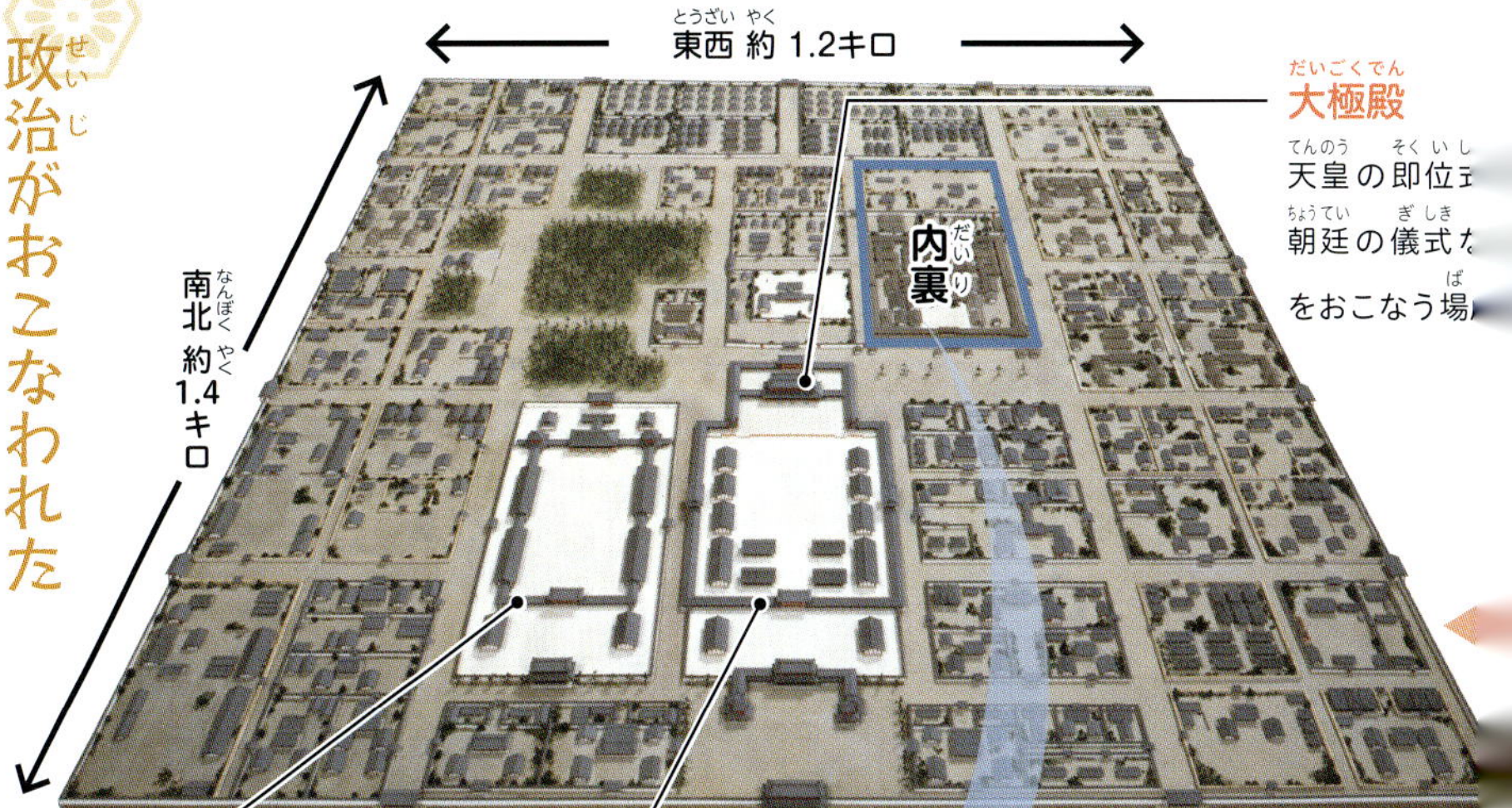
東西《とうざい》 約《やく》 1.2キロ
南北《なんぼく》 約《やく》 1.4キロ
内裏《だいり》
大極殿《だいごくでん》
天皇《てんのう》の即位《そくい》
朝廷《ちょうてい》の儀式《ぎしき》
をおこなう場《ば》
豊楽院《ぶらくいん》
朝堂院《ちょうどういん》の西《にし》にあり、行事《ぎょうじ》や儀式《ぎしき》などをおこなった場所《ばしょ》。
朝堂院《ちょうどういん》
国《くに》の政治《せいじ》をおこなう中心的《ちゅうしんてき》な場所《ばしょ》。
朱雀門《すざくもん》

大内裏復元模型
画像提供：京都市歴史資料館

天皇《てんのう》や妃《きさき》たちがくらす 内裏《だいり》

天皇《てんのう》がくらす住居《じゅうきょ》。大極殿《だいごくでん》の北東《ほくとう》にある。大《おお》きさは東西《とうざい》に約《やく》二四〇メートル、南北《なんぼく》に約《やく》三三〇メートル。

内裏《だいり》のまわりは高《たか》いへいで囲《かこ》われていて、内部《ないぶ》には天皇《てんのう》の住《す》まいや妃《きさき》たちの住《す》まいなどの建物《たてもの》がある。内裏《だいり》の中心《ちゅうしん》にあるのが「紫宸殿《ししんでん》」、その北西《ほくせい》にあるのが「清涼殿《せいりょうでん》」、紫宸殿《ししんでん》の北側《きたがわ》に天皇《てんのう》の妃《きさき》などがくらす「後宮《こうきゅう》」の建物《たてもの》がある。

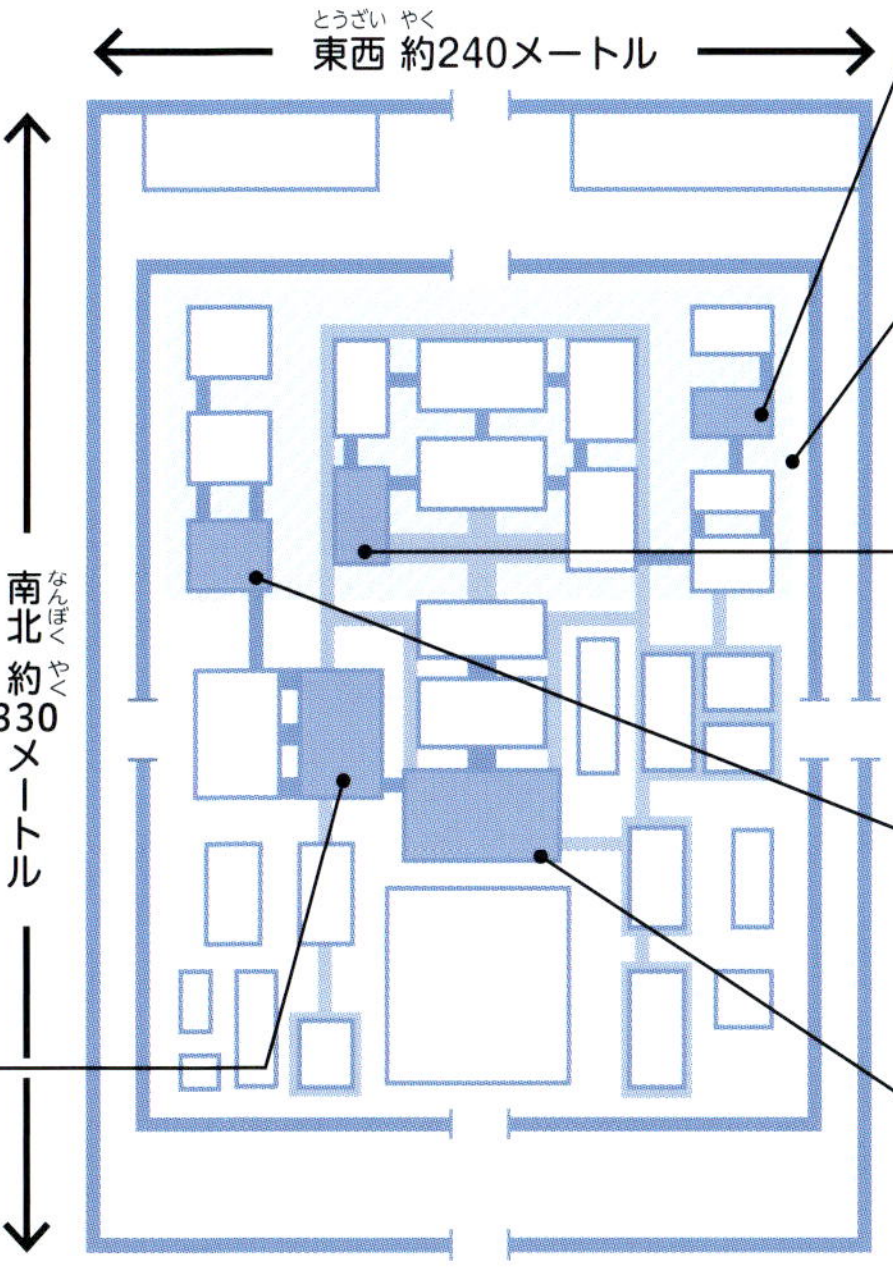
東西《とうざい》 約《やく》240メートル
南北《なんぼく》 約《やく》330メートル
淑景舎《しげいしゃ》（桐壺《きりつぼ》） ▶55ページ
『源氏物語《げんじものがたり》』に登場《とうじょう》する光源氏《ひかるげんじ》の母《はは》・桐壺更衣《きりつぼのこうい》がくらしていたところ。
後宮《こうきゅう》
中宮《ちゅうぐう》、女御《にょうご》などの妃《きさき》や仕《つか》える女性《じょせい》が住《す》むところ。
弘徽殿《こきでん》 ▶55ページ
『源氏物語《げんじものがたり》』に登場《とうじょう》する弘徽殿女御《こきでんのにょうご》がくらしていたところ。
飛香舎《ひぎょうしゃ》（藤壺《ふじつぼ》） ▶55ページ
『源氏物語《げんじものがたり》』に登場《とうじょう》する藤壺中宮《ふじつぼのちゅうぐう》がくらしていたところ。
紫宸殿《ししんでん》
おおやけの行事《ぎょうじ》や儀式《ぎしき》をおこなうところ。
清涼殿《せいりょうでん》
天皇《てんのう》が日常生活《にちじょうせいかつ》をおくる場所《ばしょ》。

天皇《てんのう》や貴族《きぞく》がくらした寝殿造《しんでんづくり》

天皇《てんのう》や位《くらい》の高《たか》い貴族《きぞく》たちは、立派《りっぱ》なお屋敷《やしき》を建《た》ててくらした。お屋敷全体《やしきぜんたい》の形式《けいしき》は、「寝《しん》殿造《でんづくり》」とよばれる。

寝殿造《しんでんづくり》では、中央《ちゅうおう》に寝殿《しんでん》があり、そのまわりの東《ひがし》、西《にし》、北《きた》に建《たて》物《もの》がある。建物《たてもの》どうしは渡殿《わたどの》という渡《わた》り廊下《ろうか》でつながれていた。庭《にわ》には池《いけ》があり、舟遊《ふなあそ》びや釣《つ》りなどをして楽《たの》しんだ。お屋《や》敷《しき》のまわりは土《つち》を積《つ》み上《あ》げたへいで囲《かこ》われていた。

作品名：年中行事　所蔵先：国立国会図書
宮中《きゅうちゅう》や民間《みんかん》の行事《ぎょうじ》がえがかれた『年中行事絵巻《ねんちゅうぎょうじえまき》』。この絵《え》は寝殿《しんでん》の内部《ないぶ》がえがかれている。主人《しゅじん》のすごすスペースが中心《ちゅうしん》にあり、周囲《しゅうい》は廂《ひさし》とよばれる空間《くうかん》で囲《かこ》われている。

貴族《きぞく》が中心《ちゅうしん》の平安時代《へいあんじだい》

清少納言《せいしょうなごん》や紫式部《むらさきしきぶ》が生《い》きた平安時代中期《へいあんじだいちゅうき》は、藤原氏《ふじわらし》が政治《せいじ》の中心《ちゅうしん》にいた時代《じだい》です。天皇《てんのう》の妃《きさき》に仕《つか》える彼女《かのじょ》たちも、藤原一族《ふじわらいちぞく》の権力争《けんりょくあらそ》いに巻《ま》きこまれていきました。

藤原氏《ふじわらし》は、奈良時代《ならじだい》から朝廷《ちょうてい》の政治《せいじ》にかかわるようになり、しだいにその力《ちから》をのばしていった。平安時代《へいあんじだい》になると、その力《ちから》はさらに強《つよ》まり、貴族《きぞく》の中《なか》でも特別《とくべつ》な存在《そんざい》になる。

藤原兼家《ふじわらのかねいえ》は、娘《むすめ》の詮子《せんし》を天皇《てんのう》と結婚《けっこん》させ、その子《こ》を幼《おさな》いうちに一条天皇《いちじょうてんのう》として即位《そくい》させた。そして、自分《じぶん》が摂政《せっしょう》や関白《かんぱく》となり、政治《せいじ》の実権《じっけん》をにぎった。兼家《かねいえ》の長男《ちょうなん》である道隆《みちたか》も、娘《むすめ》の定子《ていし》を一条天皇《いちじょうてんのう》の妃《きさき》にする。

その後《ご》、道隆《みちたか》、道兼《みちかね》があいついで亡《な》くなり、道長《みちなが》と伊周《これちか》との権力争《けんりょくあらそ》いとなる。道長《みちなが》も、長女《ちょうじょ》の彰子《しょうし》を一条天皇《いちじょうてんのう》の妃《きさき》にする。伊周《これちか》の失敗《しっぱい》（一条天皇《いちじょうてんのう》の前《まえ》の天皇《てんのう》である花山《かざん》院《いん》を矢《や》で射《い》ってしまったこと）もあり、道長《みちなが》が左大臣《さだいじん》の位《くらい》につき、実権《じっけん》をにぎる。そして、思《おも》うままに政治《せいじ》をおこなった。

一条天皇《いちじょうてんのう》の妃《きさき》の定子《ていし》と、あとから妃《きさき》になった彰子《しょうし》の間《あいだ》にも権力争《けんりょくあらそ》いの影響《えいきょう》がおよぶ。もともと皇后《こうごう》の別《べつ》のよび方《かた》だった中宮《ちゅうぐう》▼55ページはもっとも高《たか》い、一人《ひとり》しかなれない妃《きさき》の地位《ちい》。兄《あに》の伊周《これちか》の力《ちから》がなくなったために、定子《ていし》は皇后《こうごう》に、彰子《しょうし》は新《あら》たに中宮《ちゅうぐう》となった。定子《ていし》は一条《いちじょう》天皇《てんのう》に深《ふか》く愛《あい》されたが、敦康親王《あつやすしんのう》など三人《にん》の子《こ》を残《のこ》し若《わか》くして亡《な》くなる。定子《ていし》に仕《つか》える清少納言《せいしょうなごん》と、彰子《しょうし》に仕《つか》える紫式部《むらさきしきぶ》は『紫式部日記《むらさきしきぶにっき》』▼36ページからライバル関係《かんけい》にあったことがわかる。

藤原氏家系図略図《ふじわらしかけいずりゃくず》と一条天皇《いちじょうてんのう》の関係図《かんけいず》

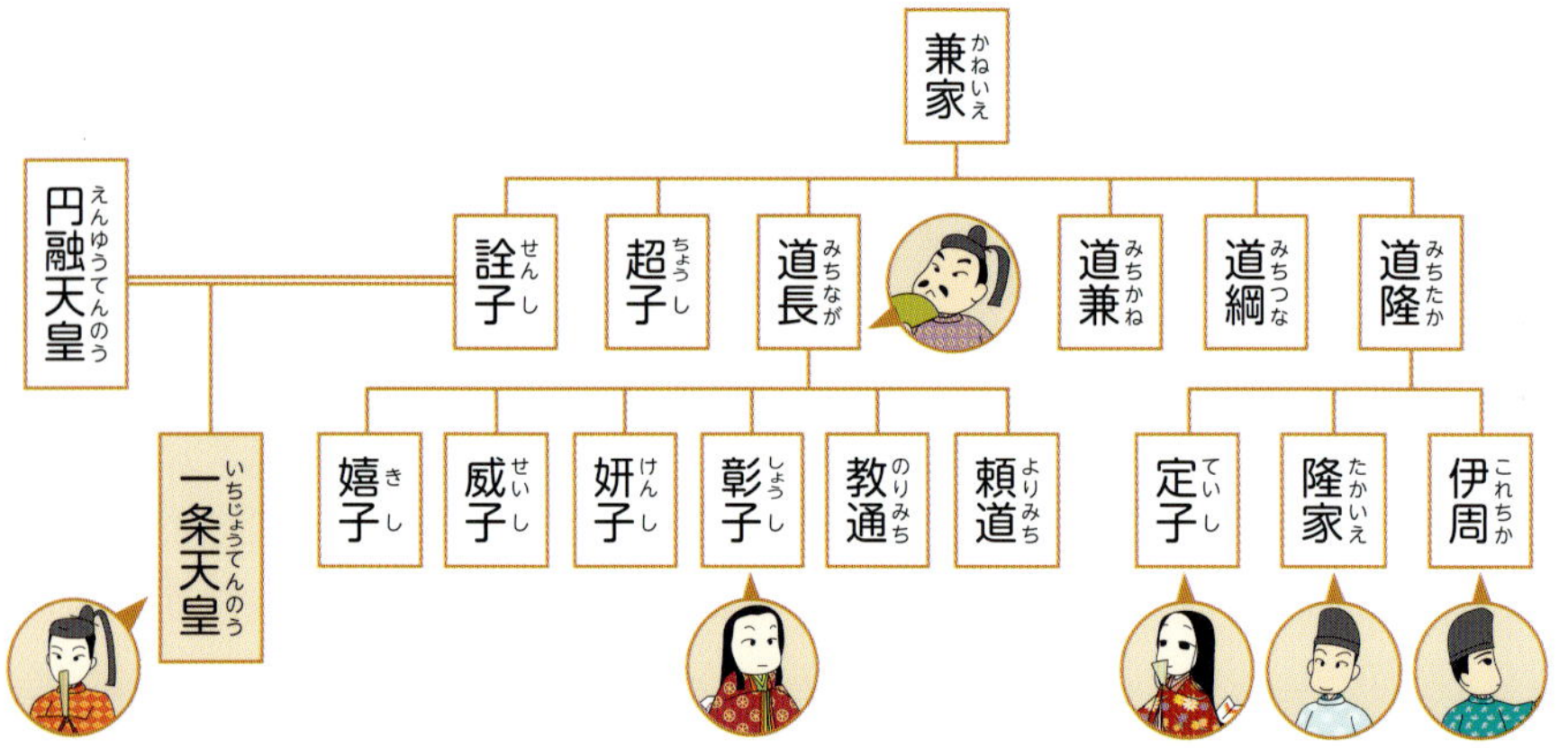

作品名：春日権現験記絵　所蔵先：宮内庁三の丸尚蔵館

『春日権現験記絵《かすがごんげんげんきえ》』は今《いま》から700年《ねん》ほど前《まえ》、藤原氏一門《ふじわらしいちもん》の西園寺公衡《さいおんじきんひら》が、「これからも一門《いちもん》がさかえるように」との願《ねが》いをこめてつくらせた絵巻物《えまきもの》。

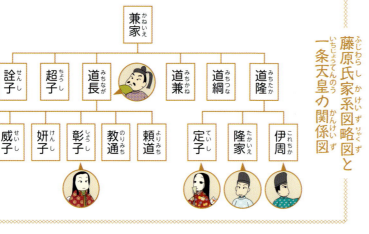

上級《じょうきゅう》から下級《かきゅう》まであった貴族《きぞく》の官位《かんい》

この時代《じだい》の政治《せいじ》のしくみは、中国《ちゅうごく》の「律令《りつりょう》」という制度《せいど》をとりいれている。律令《りつりょう》の「律《りつ》」は、刑罰《けいばつ》についての法律《ほうりつ》。「令《りょう》」は、政治《せいじ》の決《き》まりごと。

政治《せいじ》をおこなう貴族《きぞく》たちの地位《ちい》は、太政大臣《だいじょうだいじん》が最高位《さいこうい》。そこから左大臣《さだいじん》、右大臣《うだいじん》、内大臣《ないだいじん》……と、全部《ぜんぶ》で三〇の階級《かいきゅう》があった。貴族《きぞく》の出世《しゅっせ》には、本人《ほんにん》の能力《のうりょく》よりも、「家柄《いえがら》」や権力者《けんりょくしゃ》とのつながりが大《おお》きく影響《えいきょう》した。当時《とうじ》の藤原氏《ふじわらし》一族《いちぞく》は、次々《つぎつぎ》と摂政《せっしょう》、関白《かんぱく》、大臣《だいじん》などトップクラスの地位《ちい》についたため、一番《いちばん》の家柄《いえがら》だった。

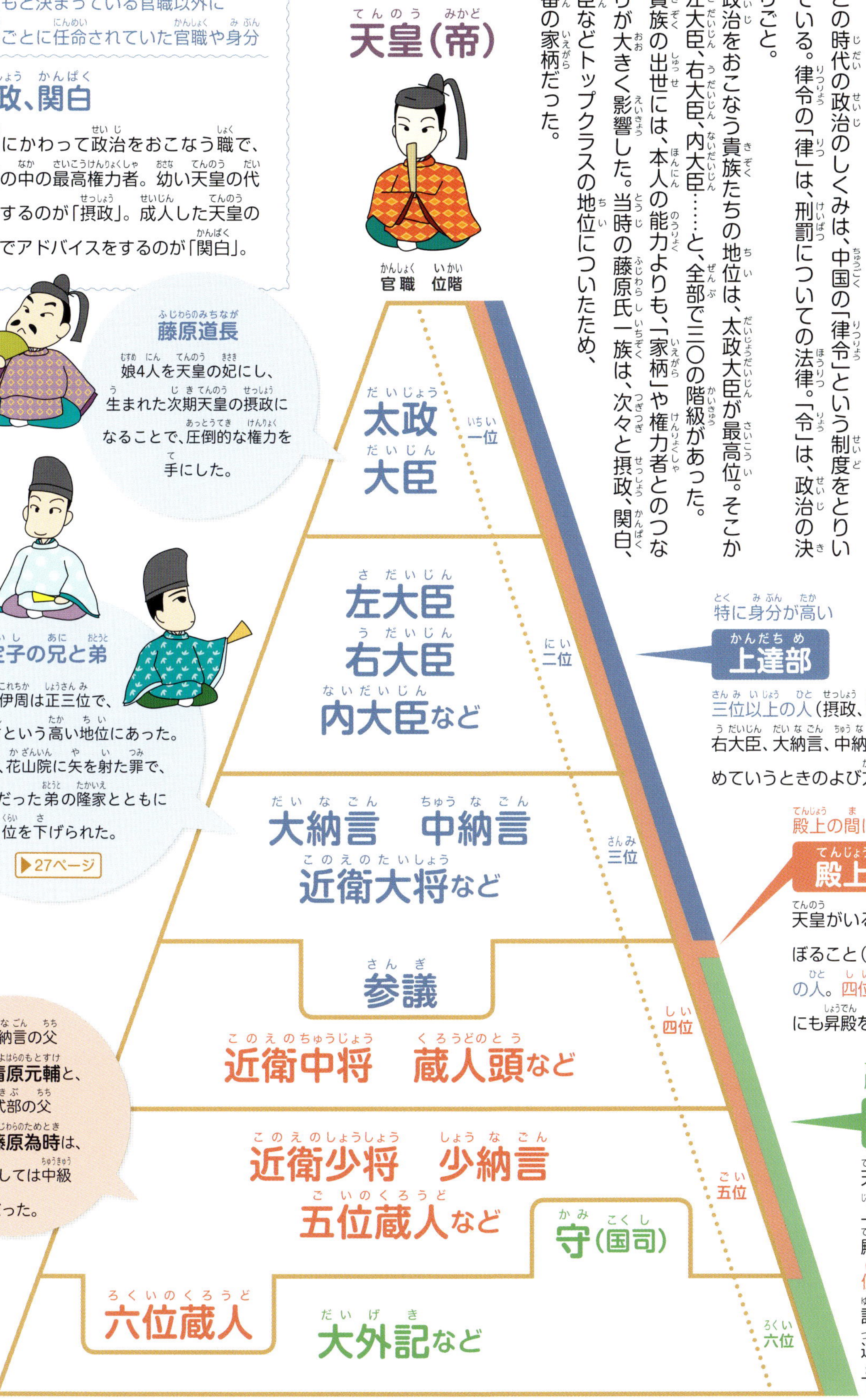

天皇《てんのう》（帝《みかど》）
官職《かんしょく》 位階《いかい》
太政大臣《だいじょうだいじん》
一位《いちい》
左大臣《さだいじん》
右大臣《うだいじん》
内大臣《ないだいじん》など
二位《にい》
大納言《だいなごん》 中納言《ちゅうなごん》
近衛大将《このえのたいしょう》など
三位《さんみ》
参議《さんぎ》
近衛中将《このえのちゅうじょう》 蔵人頭《くろうどのとう》など
四位《しい》
近衛少将《このえのしょうしょう》 少納言《しょうなごん》
五位蔵人《ごいのくろうど》など
守《かみ》（国司《こくし》）
五位《ごい》
六位蔵人《ろくいのくろうど》
大外記《だいげき》など
六位《ろくい》

もともと決《き》まっている官職以外《かんしょくいがい》に天皇《てんのう》ごとに任命《にんめい》されていた官職《かんしょく》や身分《みぶん》

摂政《せっしょう》、関白《かんぱく》

天皇《てんのう》にかわって政治《せいじ》をおこなう職《しょく》で、貴族《きぞく》の中《なか》の最高権力者《さいこうけんりょくしゃ》。幼《おさな》い天皇《てんのう》の代理《だいり》をするのが「摂政《せっしょう》」。成人《せいじん》した天皇《てんのう》のそばでアドバイスをするのが「関白《かんぱく》」。

藤原道長《ふじわらのみちなが》

娘《むすめ》4人《にん》を天皇《てんのう》の妃《きさき》にし、生《う》まれた次期天皇《じきてんのう》の摂政《せっしょう》になることで、圧倒的《あっとうてき》な権力《けんりょく》を手《て》にした。

定子《ていし》の兄《あに》と弟《おとうと》

定子《ていし》の兄《あに》の伊周《これちか》は正三位《しょうさんみ》で、権大納言《ごんだいなごん》という高《たか》い地位《ちい》にあった。しかし、花山院《かざんいん》に矢《や》を射《い》た罪《つみ》で、中納言《ちゅうなごん》だった弟《おとうと》の隆家《たかいえ》とともに位《くらい》を下《さ》げられた。

▶27ページ

清少納言《せいしょうなごん》の父《ちち》である**清原元輔《きよはらのもとすけ》**と、紫式部《むらさきしきぶ》の父《ちち》である**藤原為時《ふじわらのためとき》**は、貴族《きぞく》としては中級《ちゅうきゅう》だった。

特《とく》に身分《みぶん》が高《たか》い

上達部《かんだちめ》

三位以上《さんみいじょう》の人《ひと》（摂政《せっしょう》、関白《かんぱく》、太政大臣《だいじょうだいじん》、左大臣《さだいじん》、右大臣《うだいじん》、大納言《だいなごん》、中納言《ちゅうなごん》）と四位《しい》の参議《さんぎ》をまとめていうときのよび方《かた》。公卿《くぎょう》ともいう。

殿上《てんじょう》の間《ま》にのぼることを許《ゆる》された

殿上人《てんじょうびと》（上人《うえびと》）

天皇《てんのう》がいる清涼殿《せいりょうでん》の殿上《てんじょう》の間《ま》にのぼること（昇殿《しょうでん》）ができる三位以上《さんみいじょう》の人《ひと》。四位《しい》、五位《ごい》と六位《ろくい》の蔵人《くろうど》の中《なか》にも昇殿《しょうでん》を許《ゆる》された人《ひと》がいた。

殿上《てんじょう》の間《ま》にはのぼれない

地下《じげ》

天皇《てんのう》がいる清涼殿《せいりょうでん》の殿上《てんじょう》の間《ま》にのぼること（昇殿《しょうでん》）が許《ゆる》されない人《ひと》。四位《しい》、五位《ごい》の中《なか》にも昇殿《しょうでん》が許《ゆる》されない人《ひと》がいたが、通常《つうじょう》、蔵人以外《くろうどいがい》の六位以下《ろくいいか》の役人《やくにん》をさす。

用語解説《ようごかいせつ》

＊正三位《しょうさんみ》……位階《いかい》にはそれぞれ「正《しょう》」と「従《じゅ》」があり、「正《しょう》」のほうが位《くらい》が高《たか》い。

＊権大納言《ごんだいなごん》……大納言《だいなごん》の補佐《ほさ》をおこなう役職《やくしょく》。ほかの官職《かんしょく》にも「権《ごん》」がつく職《しょく》があり、補佐《ほさ》をおこなう。

平安《へいあん》時代《じだい》の貴族《きぞく》のくらし

この時代《じだい》の貴族《きぞく》たちがどんな服装《ふくそう》をしていたのか、どんな仕事《しごと》をしていたのかを見《み》ていきましょう。

【平安《へいあん》貴族《きぞく》の服装《ふくそう》】

平安時代《へいあんじだい》の貴族《きぞく》は座《すわ》って生活《せいかつ》することが多《おお》く、貴族《きぞく》の衣服《いふく》はゆったりしたものになった。

女房装束《にょうぼうしょうぞく》

女性《じょせい》の正装《せいそう》で、おひな様《さま》が着《き》ているような着物《きもの》(十二単《じゅうにひとえ》)のこと。十二単《じゅうにひとえ》といっても十二枚《まい》着《き》るわけではなく、四〜五枚《まい》のこともあれば二十枚以上《まいいじょう》になることもあった。えりや袖《そで》から見《み》える着物《きもの》の色《いろ》合《あ》いで、おしゃれを競《きそ》った。

唐衣《からぎぬ》 一番外側《いちばんそとがわ》に着《き》る着物《きもの》。色《いろ》や柄《がら》がもっともこっている。
裳《も》 腰《こし》に布《ぬの》を当《あ》ててひもで結《むす》び、うしろに長《なが》く垂《た》らして広《ひろ》げる。
表着《うわぎ》 唐衣《からぎぬ》の下《した》に着《き》る着物《きもの》。たくさん着《き》る袿《うちき》の中《なか》で、一番外側《いちばんそとがわ》に着《き》るので、こうよぶ。
袿《うちき》 五枚《まい》重《かさ》ねることが多《おお》かった。袿《うちき》の重《かさ》ね方《かた》や色合《いろあ》いを「襲色目《かさねのいろめ》」という。
袴《はかま》 下半身《かはんしん》にはく着物《きもの》。すそが長《なが》く、引《ひ》きずって歩《ある》く。
檜扇《ひおうぎ》 手には、ヒノキのうすい板《いた》を重《かさ》ねてつくった扇子《せんす》。
小腰《こごし》 裳《も》を腰《こし》で結《むす》ぶためのひも。唐衣《からぎぬ》と同《おな》じ生地《きじ》でつくった。
単《ひとえ》 袿《うちき》の下《した》に着《き》る着物《きもの》。

束帯《そくたい》

男性《だんせい》の正装《せいそう》で、おだいり様《さま》が着《き》ているような服装《ふくそう》のこと。儀式《ぎしき》や行事《ぎょうじ》など、かしこまった場《ば》で着《き》る。身分《みぶん》(位《くらい》)によって着物《きもの》の色《いろ》が決《き》められていた。

冠《かんむり》 朝廷《ちょうてい》に出向《でむ》くとき頭《あたま》にかぶる。うしろの高《たか》い部分《ぶぶん》に髪《かみ》の毛《け》を入《い》れ、左右《さゆう》からかんざしで固定《こてい》する。
笏《しゃく》 作法《さほう》として手《て》に持《も》つ、40センチほどの細長《ほそなが》い板《いた》。
袍《ほう》 時代《じだい》によって色《いろ》が異《こと》なる。平安時代中期《へいあんじだいちゅうき》は四位以上《しいいじょう》は黒《くろ》、五位《ごい》は紫《むらさき》っぽい赤《あか》、六位《ろくい》は緑《みどり》。
平緒《ひらお》 太刀《たち》を腰《こし》に結《むす》ぶために使《つか》う、平《ひら》たい帯《おび》ひも。
儀式《ぎしき》のときは腰《こし》に刀《かたな》をつるした。
太刀《たち》
裾《きょ》 袍《ほう》の下《した》につける長《なが》い布《ぬの》。位《くらい》によって長《なが》さが決《き》まっていた。
沓《くつ》 ブーツのような形《かたち》をしている。革製《かわせい》や木製《もくせい》があった。

直衣《のうし》

男性《だんせい》のふだん着《ぎ》。仕事《しごと》や日常《にちじょう》で着《き》る着物《きもの》で、

【平安貴族《へいあんきぞく》の仕事《しごと》】

殿上人《てんじょうびと》▼9ページの中《なか》でも特《とく》に位《くらい》の高《たか》い貴族《きぞく》たちは、政治《せいじ》の中心人物《ちゅうしんじんぶつ》として、天皇《てんのう》のそばで仕事《しごと》をした。

位《くらい》の低《ひく》い貴族《きぞく》たちは、清涼殿《せいりょうでん》に入《はい》ることは許《ゆる》されず、地方《ちほう》に派遣《はけん》されたり、宮中《きゅうちゅう》のまわりで仕事《しごと》をしたりした。

国司《こくし》

日本《にほん》にあった七〇近《ちか》くの国《くに》(今《いま》でいう県《けん》)のトップをつとめる、今《いま》の県知事《けんちじ》のような仕事《しごと》。国《くに》の名前《なまえ》をとって○○守《かみ》とよばれた。ほかの仕事《しごと》より収入《しゅうにゅう》がよく、その国《くに》での地位《ちい》も手《て》に入《はい》るので、身分《みぶん》の高《たか》くない貴族《きぞく》たちにとってはあこがれの仕事《しごと》だった。

清少納言《せいしょうなごん》の父《ちち》が周防《すおう》(今《いま》の山口県《やまぐちけん》)の国司《こくし》になれたのは六十七歳《さい》のとき。紫式部《むらさきしきぶ》の父《ちち》が越前《えちぜん》(今《いま》の福井県《ふくいけん》)の国司《こくし》になれたのも、五十歳《さい》をこえていた。

歌人《かじん》

平安時代《へいあんじだい》の貴族《きぞく》たちは知識《ちしき》や教養《きょうよう》の一つとして、和歌《わか》や漢詩《かんし》、漢文《かんぶん》などを勉強《べんきょう》しなければならなかった。また、趣味《しゅみ》や人《ひと》づきあいとしても、歌《うた》がさかんに詠《よ》まれた。そのため、貴族《きぞく》たちに和歌《わか》を教《おし》える人《ひと》たちが必要《ひつよう》だった。

清少納言《せいしょうなごん》の父《ちち》や紫式部《むらさきしきぶ》のおじ(藤原為頼《ふじわらのためより》)は歌人《かじん》として有名《ゆうめい》で、清少納言《せいしょうなごん》や紫式部《むらさきしきぶ》に多《おお》くの影響《えいきょう》を与《あた》えたといわれている。

宮仕《みやづか》え

天皇《てんのう》や妃《きさき》にお仕《つか》えすることを「宮《みや》仕《づか》え」という。男性《だんせい》の貴族《きぞく》は役人《やくにん》として、政治《せいじ》の手伝《てつだ》いをした。女性《じょせい》の貴族《きぞく》は「女房《にょうぼう》」とよばれ、天皇《てんのう》や妃《きさき》などの身《み》のまわりの世話《せわ》をする仕事《しごと》についた。あまり身分《みぶん》の高《たか》くない家柄《いえがら》の貴族《きぞく》にとっては、娘《むすめ》を宮仕《みやづか》えさせることが最大《さいだい》の夢《ゆめ》だった。

清少納言《せいしょうなごん》は一条天皇《いちじょうてんのう》の妃《きさき》の定子《ていし》のもとで、生活《せいかつ》の世話《せわ》をしたり、文学《ぶんがく》を教《おし》えたりする女房《にょうぼう》だった。紫式部《むらさきしきぶ》は一条天皇《いちじょうてんのう》のもう一人《ひとり》の妃《きさき》の彰子《しょうし》のもとで、同《おな》じように女房《にょうぼう》として仕《つか》えた。

烏帽子《えぼし》
うるしを塗《ぬ》った帽子《ぼうし》。
直衣《のうし》
形《かたち》は袍《ほう》と同《おな》じだが、
色《いろ》や模様《もよう》に決《き》まりはなかった。
扇《おうぎ》
手《て》には扇子《せんす》を持《も》った。
指貫《さしぬき》
ゆったりとした袴《はかま》。横開《よこびら》きになっていて、
前後《ぜんご》のひもで腰《こし》に結《むす》ぶ。
すそはひもで結《むす》んで、すぼめる。

貴族《きぞく》の老後《ろうご》の生活《せいかつ》

平安時代《へいあんじだい》の貴族《きぞく》たちは、引退《いんたい》すると、男女問《だんじょと》わず出家《しゅっけ》をした。出家《しゅっけ》とは、ふつうの生活《せいかつ》を捨《す》てて、仏門《ぶつもん》に入《はい》ること。出家《しゅっけ》すれば極楽浄土《ごくらくじょうど》への道《みち》が開《ひら》けると考《かんが》えられていた。

平安時代《へいあんじだい》にさかえた国風文化《こくふうぶんか》

平安時代《へいあんじだい》には、「国風文化《こくふうぶんか》」といわれる日本《にほん》の独自《どくじ》の文化《ぶんか》が花開《はなひら》きました。ここでは平安時代《へいあんじだい》の文化《ぶんか》にスポットをあててみましょう。

【国風文化《こくふうぶんか》】

八〇〇年代《ねんだい》の終《お》わりに、日本《にほん》は中国《ちゅうごく》へ使者《ししゃ》を送《おく》ること（遣唐使《けんとうし》）をやめた。中国《ちゅうごく》の文化《ぶんか》が入《はい》ってこなくなったことで、日本《にほん》の風土《ふうど》や生活《せいかつ》にあった文化《ぶんか》が生《う》まれた。平安貴族《へいあんきぞく》たちを中心《ちゅうしん》とした、この時代《じだい》のはなやかな文化《ぶんか》のことを「国風文化《こくふうぶんか》」とよぶ。

寝殿造《しんでんづくり》 ▼7ページ、十二単《じゅうにひとえ》や束帯《そくたい》 ▼10ページ、さまざまな遊《あそ》びなど、はなやかな貴族《きぞく》の生活《せいかつ》も国風文化《こくふうぶんか》の一つだ。

また、国風文化《こくふうぶんか》でもっとも重要《じゅうよう》なものに「仮名文字《かなもじ》の発明《はつめい》」がある。ひらがなとカタカナができたことで、中国《ちゅうごく》の漢文《かんぶん》のまねではない、日本《にほん》ならではの文学《ぶんがく》がつくられるようになった。

ボールを落《お》とさないようにけりあう「蹴鞠《けまり》」や、ホッケーに似《に》た「打毬《だきゅう》」など、体《からだ》を動《うご》かす遊《あそ》びもあった。

貴族《きぞく》の遊《あそ》び

平安時代《へいあんじだい》の貴族《きぞく》は、さまざまな遊《あそ》びを考《かんが》えだした。たとえば、『枕草子《まくらのそうし》』には、「あそびは小弓《こゆみ》、韻《いん》ふたぎ、碁《ご》」と書《か》かれている。小弓《こゆみ》は、弓《ゆみ》で的《まと》を射《い》る遊《あそ》び。韻《いん》ふたぎは、古《ふる》い詩《し》のぬけている部分《ぶぶん》をあてる遊《あそ》び。囲碁《いご》は、この時代《じだい》からすでに遊《あそ》ばれていた。

和歌《わか》の優劣《ゆうれつ》を競《きそ》う「歌合《うたあわせ》」、菖蒲《しょうぶ》の根《ね》の長《なが》さを競《きそ》う「根合《ねあわせ》」、めずらしい貝《かい》を出《だ》しあい、その優劣《ゆうれつ》を競《きそ》う「貝合《かいあわせ》」など、「物合《ものあわせ》」といって、二チームに分《わ》かれて勝負《しょうぶ》をする遊《あそ》びも人気《にんき》だった。

仮名文字《かなもじ》のはじまり

ひらがなとカタカナが使《つか》われはじめたのは、八〇〇年代《ねんだい》の終《お》わりごろ。ひらがなは漢字《かんじ》の形《かたち》をくずして、カタカナは漢字《かんじ》の一部分《いちぶぶん》をぬきだしてつくられた。

漢字《かんじ》は一字《じ》一字《じ》に意味《いみ》がある「表意文字《ひょういもじ》」で、漢字《かんじ》だけで日本語《にほんご》をあらわすのには不便《ふべん》だった。その点《てん》、ひらがなやカタカナは音《おと》を示《しめ》す「表音《ひょうおん》文字《もじ》」なので、日本語《にほんご》をあらわすのに適《てき》していた。

女流文学《じょりゅうぶんがく》のはじまり

ひらがなは、宮廷《きゅうてい》にくらす女性《じょせい》たちの間《あいだ》で一気《いっき》に広《ひろ》まった。漢字《かんじ》や漢文《かんぶん》では表現《ひょうげん》しきれなかった日本《にほん》人《じん》らしい細《こま》やかな感情《かんじょう》や、日本特有《にほんとくゆう》の季節《きせつ》、自然《しぜん》などをえがくのに、仮名文字《かなもじ》はぴったりだった。当時《とうじ》の女性《じょせい》は室内《しつない》ですごすことが多《おお》く、夫《おっと》や恋人《こいびと》を待《ま》つ生活《せいかつ》をしていた。人《ひと》を待《ま》つ恋《こい》しさやさびしさなどの感情《かんじょう》が、多《おお》くの文学《ぶんがく》を生《う》むきっかけになったのだろう。清少納言《せいしょうなごん》の『枕草子《まくらのそうし》』や紫式部《むらさきしきぶ》の『源氏物語《げんじものがたり》』も、そうして生《う》まれた。

この時代《じだい》、漢字《かんじ》は男性《だんせい》が使《つか》う文字《もじ》という意味《いみ》で「男手《おとこで》」、ひらがなは女性《じょせい》が使《つか》う文字《もじ》という意味《いみ》で「女手《おんなで》」とよばれていたのよ。

さまざまなジャンルの文学《ぶんがく》が誕生《たんじょう》

歌《うた》の世界《せかい》でも漢詩《かんし》にかわって、和歌《わか》がさかんになった。当時《とうじ》は、男性《だんせい》は漢字《かんじ》を使《つか》うものとされたが、歌人《かじん》の紀貫之《きのつらゆき》は仮名文字《かなもじ》で『古今和歌集《こきんわかしゅう》』の序文《じょぶん》を書《か》いたり、女性《じょせい》のふりをして、仮《か》名《な》で『土佐日記《とさにっき》』を書《か》いたりした。『土佐日記《とさにっき》』は以後《いご》の女流文学《じょりゅうぶんがく》に影響《えいきょう》を与《あた》えた。

漢詩《かんし》

中国《ちゅうごく》から伝《つた》わった漢字《かんじ》を使《つか》った詩《し》。

漢詩集《かんししゅう》
『懐風藻《かいふうそう》』

和歌《わか》

日本《にほん》で生《う》まれた仮名文字《かなもじ》を使《つか》った歌《うた》。

和歌集《わかしゅう》
『万葉集《まんようしゅう》』『古今和歌集《こきんわかしゅう》』『後撰和歌集《ごせんわかしゅう》』

作《つく》り物語《ものがたり》

空想《くうそう》の世界《せかい》の物語《ものがたり》。伝説《でんせつ》をもとに書《か》かれている。

『竹取物語《たけとりものがたり》』 ▼68ページ
『宇津保物語《うつほものがたり》』
『源氏物語《げんじものがたり》』 ▼50ページ
『夜《よる》の寝覚《ねざめ》』
『狭衣物語《さごろもものがたり》』
『堤中納言物語《つつみちゅうなごんものがたり》』 ▼72ページ

歌物語《うたものがたり》

和歌《わか》を中心《ちゅうしん》に話《はな》しがすすむ物語《ものがたり》。物語《ものがたり》の作者《さくしゃ》以外《いがい》に、実在《じつざい》する人物《じんぶつ》が詠《よ》んだ和歌《わか》も使《つか》われている。

『伊勢物語《いせものがたり》』
『大和物語《やまとものがたり》』

日記《にっき》・紀行文学《きこうぶんがく》

仮名文字《かなもじ》で書《か》かれた初《はじ》めての日記《にっき》が『土佐日記《とさにっき》』。これ以降《いこう》、日記文学《にっきぶんがく》はおもに女性《じょせい》が書《か》くようになった。

『土佐日記《とさにっき》』

日記《にっき》・紀行文学《きこうぶんがく》

『蜻蛉日記《かげろうにっき》』
『和泉式部日記《いずみしきぶにっき》』 ▼40ページ
『紫式部日記《むらさきしきぶにっき》』 ▼36ページ
『更級日記《さらしなにっき》』 ▼44ページ

随筆文学《ずいひつぶんがく》

『枕草子《まくらのそうし》』 ▼18ページ

比《くら》べてみよう 清少納言《せいしょうなごん》と紫式部《むらさきしきぶ》&おもなできごとと文学作品年表《ぶんがくさくひんねんぴょう》

清少納言《せいしょうなごん》と紫式部《むらさきしきぶ》の人生《じんせい》と、その時代《じだい》のおもなできごとや文学作品《ぶんがくさくひん》を年表《ねんぴょう》でざっとふり返《かえ》ってみましょう。

清少納言《せいしょうなごん》

- 九六六年《ねん》 1歳《さい》 清原元輔《きよはらのもとすけ》の娘《むすめ》として、京《きょう》で生《う》まれる
- 九七四年《ねん》 9歳《さい》 周防守《すおうのかみ》になった父《ちち》といっしょに、周防《すおう》(今《いま》の山口県《やまぐちけん》)に移《うつ》る
- 九七八年《ねん》 13歳《さい》 父《ちち》、周防守《すおうのかみ》をやめ、京《きょう》にもどる
- 九八一年《ねん》 16歳《さい》 橘則光《たちばなののりみつ》と結婚《けっこん》する
- 九八二年《ねん》 17歳《さい》 息子《むすこ》・則長《のりなが》が生《う》まれる
- 九八六年《ねん》 21歳《さい》 父《ちち》が肥後守《ひごのかみ》になる 花山天皇《かざんてんのう》の退位《たいい》とともに、父《ちち》は官職《かんしょく》を失《うしな》う

紫式部《むらさきしきぶ》

- 九七三年《ねん》 1歳《さい》 藤原為時《ふじわらのためとき》の娘《むすめ》として、京《きょう》で生《う》まれる
- 九七四年《ねん》 2歳《さい》 母《はは》が亡《な》くなる
- 九八〇年《ねん》 8歳《さい》 このころ、父《ちち》が弟《おとうと》の惟規《のぶのり》に漢学《かんがく》を教《おし》える。横《よこ》で聞《き》いていた紫式部《むらさきしきぶ》のほうが覚《おぼ》えが早《はや》かった
- 九八四年《ねん》 12歳《さい》 花山天皇《かざんてんのう》の即位《そくい》とともに、父《ちち》が式部丞《しきぶのじょう》という役職《やくしょく》につく

おもなできごとと文学作品《ぶんがくさくひん》

- 九〇〇年《ねん》 このころ『竹取物語《たけとりものがたり》』『伊勢物語《いせものがたり》』がつくられる
- 九〇五年《ねん》 紀貫之《きのつらゆき》らが『古今和歌集《こきんわかしゅう》』をまとめる
- 九三五年《ねん》 このころ紀貫之《きのつらゆき》が『土佐日記《とさにっき》』を書《か》く
- 九五一年《ねん》 このころ『後撰和歌集《ごせんわかしゅう》』『大和物語《やまとものがたり》』がつくられる
- 九七四年《ねん》 このころ藤原道綱母《ふじわらのみちつなのはは》が『蜻蛉日記《かげろうにっき》』を書《か》く
- 九八〇年《ねん》 このころ『宇津保物語《うつほものがたり》』がつくられる
- 九八五年《ねん》 天台宗《てんだいしゅう》の僧《そう》の源信《げんしん》が仏教書《ぶっきょうしょ》『往生要集《おうじょうようしゅう》』を書《か》く
- 九八六年《ねん》 一条天皇《いちじょうてんのう》が即位《そくい》する

九九〇年《ねん》　25歳《さい》
父《ちち》が肥後《ひご》(今《いま》の熊本県《くまもとけん》)で亡《な》くなる

九九一年《ねん》　26歳《さい》
夫《おっと》と離婚《りこん》する

九九三年《ねん》　28歳《さい》
一条天皇《いちじょうてんのう》の中宮定子《ちゅうぐうていし》のもとに宮仕《みやづか》えに出《で》る

九九六年《ねん》　24歳《さい》
越前守《えちぜんのかみ》となった父《ちち》とともに、越前《えちぜん》(今《いま》の福井県《ふくいけん》)に移《うつ》る

九九八年《ねん》　26歳《さい》
父《ちち》と離《はな》れて京《きょう》にもどり、藤原宣孝《ふじわらののぶたか》と結婚《けっこん》する

九九九年《ねん》
34歳《さい》
中宮定子《ちゅうぐうていし》がお産《さん》のため、三条《さんじょう》にある平生昌《たいらのなりまさ》の邸《やしき》に移《うつ》り、それについていく
27歳《さい》
娘《むすめ》・賢子《けんし》が生《う》まれる

一〇〇一年《ねん》
36歳《さい》
定子《ていし》が亡《な》くなるとともに、宮仕《みやづか》えをやめ、藤原棟世《ふじわらのむねよ》と再婚《さいこん》
のちに小馬命婦《こまのみょうぶ》が生《う》まれる
『枕草子《まくらのそうし》』がほぼ完成《かんせい》する
29歳《さい》
夫《おっと》が亡《な》くなる。父《ちち》、京《きょう》にもどる
『源氏物語《げんじものがたり》』を書《か》きはじめる

一〇〇七年《ねん》　35歳《さい》
一条天皇《いちじょうてんのう》の中宮彰子《ちゅうぐうしょうし》のもとへ宮仕《みやづか》えに出《で》る

一〇〇八年《ねん》　36歳《さい》
『源氏物語《げんじものがたり》』がほぼ完成《かんせい》する
『紫式部日記《むらさきしきぶにっき》』を書《か》きはじめる

一〇一〇年《ねん》　38歳《さい》
『紫式部日記《むらさきしきぶにっき》』を書《か》き終《お》える

一〇一一年《ねん》　39歳《さい》
父《ちち》、越後守《えちごのかみ》となる

一〇一四年《ねん》　42歳《さい》
父《ちち》、越後守《えちごのかみ》をやめ、京《きょう》にもどる

一〇一九年《ねん》　47歳《さい》？
このころまで生存《せいぞん》していたといわれている

一〇二五年《ねん》　60歳《さい》
このころ亡《な》くなったといわれている

晩年《ばんねん》は不明《ふめい》だが、定子《ていし》のお墓《はか》に近《ちか》い、東山月輪《ひがしやまつきのわ》に住《す》み、定子《ていし》をしのんだといわれている

九九〇年《ねん》　定子、中宮となる

九九三年《ねん》　藤原道隆《ふじわらのみちたか》が摂政《せっしょう》から関白《かんぱく》になる

九九五年《ねん》　藤原道隆《ふじわらのみちたか》が亡《な》くなる

九九六年《ねん》　中宮定子《ちゅうぐうていし》が仏門《ぶつもん》に入《はい》る

九九七年《ねん》　定子《ていし》が中宮《ちゅうぐう》にもどる

一〇〇〇年《ねん》　彰子《しょうし》、中宮《ちゅうぐう》となる
定子《ていし》、皇后《こうごう》となる
定子《ていし》が亡《な》くなる

一〇〇九年《ねん》　このころ和泉式部《いずみしきぶ》が『和泉式部日記《いずみしきぶにっき》』を書《か》く
▼40ページ

一〇一〇年《ねん》　藤原伊周《ふじわらのこれちか》が亡《な》くなる

一〇一一年《ねん》　一条天皇《いちじょうてんのう》が亡《な》くなる

一〇一六年《ねん》　藤原道長《ふじわらのみちなが》が摂政《せっしょう》になる

一〇二八年《ねん》　藤原道長《ふじわらのみちなが》が亡《な》くなる

一〇三四年《ねん》　このころ歴史物語《れきしものがたり》『栄花物語《えいがものがたり》』がつくられる

一〇五五年《ねん》　このころ以降《いこう》、『夜《よる》の寝覚《ねざめ》』『狭衣物語《さごろもものがたり》』『堤中納言物語《つつみちゅうなごんものがたり》』がつくられる

一〇六〇年《ねん》　このころ菅原孝標女《すがわらのたかすえのむすめ》が『更級日記《さらしなにっき》』を書《か》く
▼44ページ

コラム 1

貴族《きぞく》のたしなみ「和歌《わか》」

平安時代《へいあんじだい》の貴族《きぞく》たちは、好《す》きな相手《あいて》に気持《きも》ちを伝《つた》えるために、ラブレターを書《か》いて送《おく》りました。その中心《ちゅうしん》となるのが和歌《わか》でした。

恋《こい》のはじまりも結婚生活《けっこんせいかつ》も！ 気持《きも》ちを伝《つた》える和歌《わか》

貴族《きぞく》の女性《じょせい》はあまり人前《ひとまえ》に出《で》ず、室内《しつない》ですごすことがほとんどだった。そのため、男性《だんせい》は直接《ちょくせつ》、年《とし》ごろの女性《じょせい》に声《こえ》をかけることはできなかった。垣根《かきね》から家《いえ》の中《なか》をのぞくなどして、ふり向《む》いてほしい女性《じょせい》を見《み》つけると、男性《だんせい》は想《おも》いを五七五七七のリズムにのせた「和歌《わか》」に詠《よ》んだ。そして、手紙《てがみ》に書《か》きつけて、相手《あいて》に送《おく》った。女性《じょせい》からの返信《へんしん》も和歌《わか》で送《おく》られた。こうして、和歌《わか》やその人《ひと》の書《か》いた文字《もじ》を通《つう》じて、おたがいの人柄《ひとがら》や気持《きも》ちをわかりあうのが、この時代《じだい》の男女《だんじょ》の恋愛《れんあい》だった。

そのため、和歌《わか》は貴族《きぞく》にとってのたしなみとされていた。歌《うた》がじょうずな人《ひと》ほど、異性《いせい》によくモテた。

恋愛《れんあい》が進《すす》んで、おたがいの気持《きも》ちが固《かた》まると、女性《じょせい》の親《おや》に許《ゆる》しをもらって、結婚《けっこん》となる。夫《おっと》となる男性《だんせい》は妻《つま》となる女性《じょせい》の家《いえ》で一晩《ひとばん》をすごし、翌《よく》朝帰《あさかえ》ってから手紙《てがみ》を送《おく》った。これを「後朝《きぬぎぬ》の文《ふみ》」という。三日間通《みっかかんかよ》って、「露顕《ところあらわし》」という披露宴《ひろうえん》がおこなわれた。結婚《けっこん》してからも、和歌《わか》を詠《よ》みあって気持《きも》ちを伝《つた》えていた。

和歌《わか》の名手《めいしゅ》で絶世《ぜっせい》の美女《びじょ》!? 小野小町《おののこまち》

平安時代《へいあんじだい》を代表《だいひょう》する歌人《かじん》、六歌仙《ろっかせん》の一人《ひとり》で、「絶世《ぜっせい》の美女《びじょ》」といわれるのが小野小町《おののこまち》。自分《じぶん》に想《おも》いを寄《よ》せる男性《だんせい》に「一〇〇日間《にちかん》、毎夜《まいよ》私《わたし》のもとに通《かよ》ってきたら、恋人《こいびと》にしてあげる」といい、その男性《だんせい》は九九日《にち》目《め》の夜《よる》に、雪《ゆき》の中《なか》で死《し》んでしまったという伝説《でんせつ》が残《のこ》っている。

彼女《かのじょ》が詠《よ》んだ有名《ゆうめい》な和歌《わか》に「花《はな》の色《いろ》は移《うつ》りにけりないたづらにわが身世《みよ》にふるながめせし間《ま》に」というものがある。和歌《わか》の意味《いみ》は「美《うつく》しい花《はな》もやがて枯《か》れるように、私《わたし》の美《うつく》しさもおとろえてしまった」というもので、時《とき》の流《なが》れで年老《としお》いてしまうことをなげいていたことがわかる。

用語解説《ようごかいせつ》

＊六歌仙《ろっかせん》……当時《とうじ》の優《すぐ》れた６人《にん》の歌人《かじん》。僧正遍昭《そうじょうへんじょう》、在原業平《ありわらのなりひら》、文屋康秀《ふんやのやすひで》、喜撰法師《きせんほうし》、小野小町《おののこまち》、大伴黒主《おおとものくろぬし》のことをさす。

枕草子《まくらのそうし》の世界《せかい》へ

春《はる》はあけぼの

春《はる》はあけぼの。
や《(よ)》うや《(よ)》うしろく
なりゆく山《やま》ぎは《(わ)》、
すこしあかりて、
紫《むらさき》だちたる雲《くも》のほそく
たなびきたる。

この場面《ばめん》のお話《はなし》

春《はる》はあけぼの。
だんだん空《そら》が白《しろ》くなってゆき、
山《やま》のふちが少《すこ》し明《あか》るくなって、
紫《むらさき》がかった雲《くも》が細《ほそ》く横《よこ》に
ただよっているのがすばらしい。

ポイント

春《はる》といえば、この時《じ》代《だい》は桜《さくら》に注目《ちゅうもく》するのがふつうだったの。でもあえて、少《すこ》しずつ変化《へんか》していく「夜明《よあ》けの東《ひがし》の空《そら》」に注目《ちゅうもく》したのよ。

用語解説《ようごかいせつ》　＊あけぼの……「明《あ》け・ほの」からきた言葉《ことば》。夜《よる》がほのかに明《あ》けていくころ。　＊山《やま》ぎは……山《やま》のきわ（ふち）。

この場面《ばめん》のお話《はなし》

夏《なつ》は夜《よる》。
月《つき》がきれいな夜《よる》はいうまでもないが、
月《つき》のない闇夜《やみよ》も、
蛍《ほたる》がたくさん飛《と》びかっている
様子《ようす》がすばらしい。
また、ただ一ぴき二ひきだけが、
かすかに光《ひか》って飛《と》んで行《い》くのも
おもむきがあってよい。
雨《あめ》が降《ふ》るのも味《あじ》わい深《ぶか》い。

ポイント

夏《なつ》は、昼間《ひるま》の暑《あつ》さがやわらぐ夜《よる》に注目《ちゅうもく》したの。月《つき》の美《うつく》しさはもちろんのこと、蛍《ほたる》の光《ひかり》を見《み》てすごす闇《やみ》夜《よ》もよいものだわ。

用語解説《ようごかいせつ》　＊をかし……おもむきがあってみごとであること。

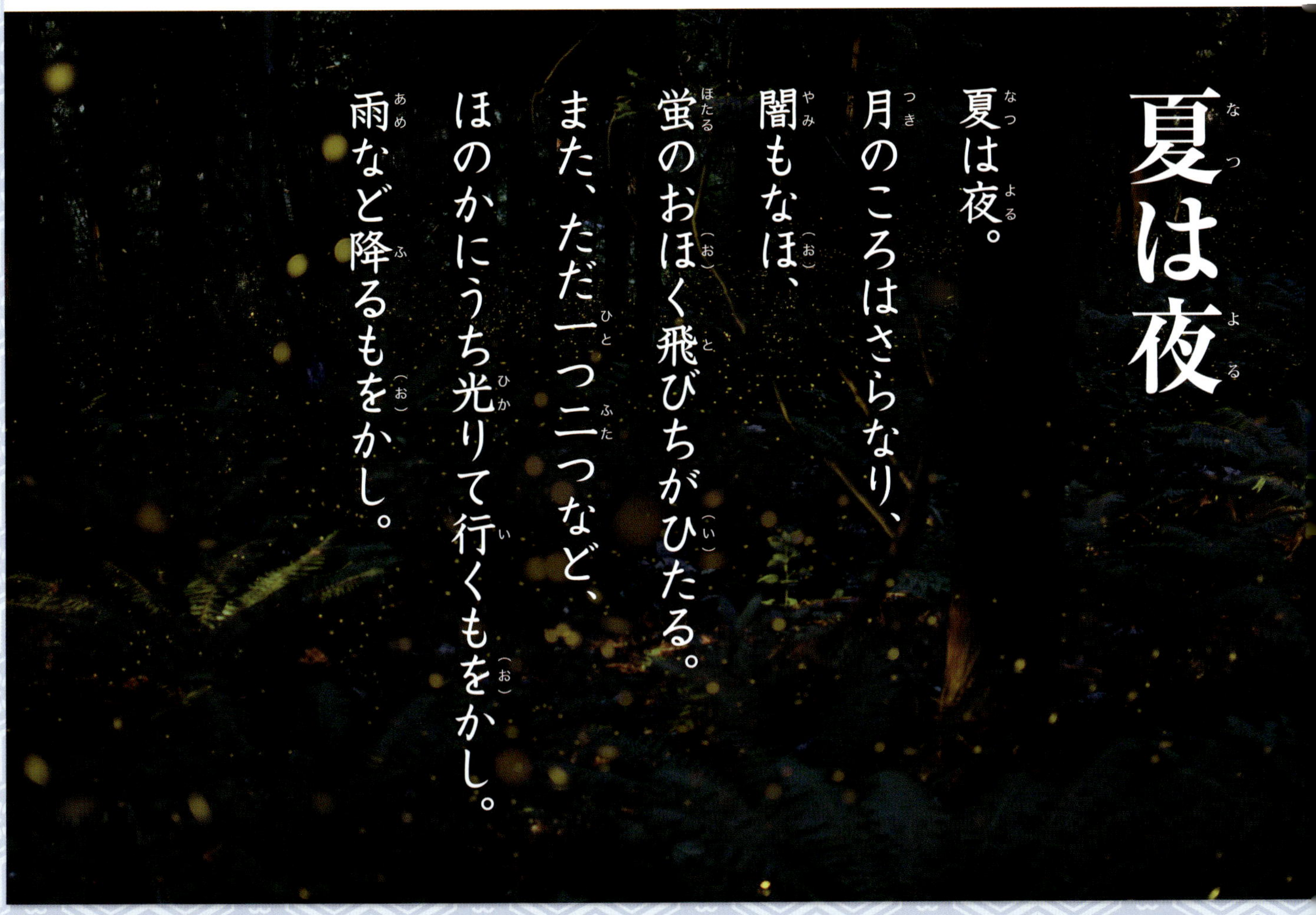

夏《なつ》は夜《よる》

夏《なつ》は夜《よる》。
月《つき》のころはさらなり、
闇《やみ》もなほ（お）、
蛍《ほたる》のおほ（お）く飛《と》びちがひ（い）たる。
また、ただ一《ひと》つ二《ふた》つなど、
ほのかにうち光《ひか》りて行《い》くもを（お）かし。
雨《あめ》など降《ふ》るもを（お）かし。

秋《あき》は夕暮《ゆうぐれ》

秋《あき》は夕暮《ゆうぐれ》。
夕日《ゆうひ》のさして山《やま》の端《は》
いと近《ちこ》うなりたるに、
烏《からす》のねどころへ行《い》くとて、
三《み》つ四《よ》つ、二《ふた》つ三《み》つなど
飛《と》びいそぐさへ《(え)》あは《(わ)》れなり。
まいて雁《かり》などのつらねたるが、
いと小《ちい》さく見《み》ゆるは、いとを《(お)》かし。
日《ひ》入《い》り果《は》てて、風《かぜ》の音《おと》、虫《むし》の音《ね》など、
はた言《い》ふ《(う)》べきにあらず。

この場面《ばめん》のお話《はなし》

秋《あき》は夕暮《ゆうぐれ》。
夕日《ゆうひ》がさして山《やま》の端《はし》
すれすれになっているときに、
烏《からす》がねぐらへ帰《かえ》るというので、
三羽《わ》四羽《わ》、二羽《わ》三羽《わ》などと
飛《と》び急《いそ》いでいる様子《ようす》まで、しみじみとした感《かん》じがする。
まして雁《かり》などが列《れつ》をつくっているのが、
とても小《ちい》さく見《み》えるのは、とてもおもむきがある。
日《ひ》がすっかりしずんでしまって、
風《かぜ》の音《おと》や虫《むし》の声《こえ》などが聞《き》こえるのも、
やはり言葉《ことば》にできないくらいすばらしい。

ポイント

烏《からす》や雁《かり》(ガン)の群《む》れに注目《ちゅうもく》したあと、風《かぜ》や虫《むし》の音《おと》に聞《き》き入《い》ったわ。日《ひ》がしずむことで目《め》で見《み》た感動《かんどう》から、耳《みみ》で聞《き》く感動《かんどう》への移《うつ》りかわりに注目《ちゅうもく》したの。

用語解説《ようごかいせつ》 *あはれなり……しみじみとした感《かん》じがする。 *まいて……まして。 *はた……これもまた。

この場面《ばめん》のお話《はなし》

冬《ふゆ》は早朝《そうちょう》。
雪《ゆき》が降《ふ》っているのはいうまでもないが、
霜《しも》が一面《いちめん》に白《しろ》く降《ふ》った朝《あさ》も、
また霜《しも》などなくてもひどく寒《さむ》い朝《あさ》に、
火《ひ》などを急《いそ》いでおこして、
炭火《すみび》を持《も》って行《い》き来《き》するのも、
とても冬《ふゆ》の早朝《そうちょう》らしい。
昼《ひる》になって、寒《さむ》さがだんだんやわらいでいくと、
火鉢《ひばち》の火《ひ》も、
白《しろ》い灰《はい》が目立《めだ》つようになってがっかりする。

ポイント

ここまで四季《しき》それぞれのよいところをとりあげてきたのに、最後《さいご》に「わろし（悪《わる》い）」がくるのが、ちょっとひとひねりしたポイントよ。

用語解説《ようごかいせつ》 ＊つとめて……朝早《あさはや》く。早朝《そうちょう》。 ＊さらでも……そうしたもの（雪《ゆき》や霜《しも》）がなくても。 ＊つきづきし……似《に》つかわしい。ふさわしい。

冬《ふゆ》はつとめて

冬《ふゆ》はつとめて。
雪《ゆき》の降《ふ》りたるは言《い》ふ（う）べきにもあらず、
霜《しも》のいと白《しろ》きも、
またさらでもいと寒《さむ》きに、
火《ひ》などいそぎおこして、
炭《すみ》持《も》てわたるも、
いとつきづきし、
昼《ひる》になりて、ぬるくゆるびもていけば、
火桶《ひおけ》の火《ひ》も、
白《しろ》き灰《はい》がちになりてわろし。

『枕草子《まくらのそうし》』ってどんなお話《はなし》？

平安時代《へいあんじだい》の中期《ちゅうき》に、清少納言《せいしょうなごん》によって書《か》かれた随筆《ずいひつ》。テーマにそってものごとを思《おも》いつくままに並《なら》べたり、日記《にっき》をつけたり、意見《いけん》を述《の》べたりと、自由《じゆう》な書《か》きぶりがおもしろい作品《さくひん》です。

用語解説《ようごかいせつ》 ＊中宮《ちゅうぐう》…… ▶55ページ

三つに分《わ》けられる『枕草子《まくらのそうし》』

『枕草子《まくらのそうし》』には、第《だい》一巻《かん》や第《だい》一章《しょう》というようなはっきりとした分《わ》かれ目《め》はないが、形式《けいしき》や内容《ないよう》によって三〇〇あまりの文章《ぶんしょう》のまとまり（段《だん》）に区切《くぎ》ることができる。さらに、題材《だいざい》によって次《つぎ》の三種類《しゅるい》に分類《ぶんるい》できる。

類聚的章段《るいじゅうてきしょうだん》

「類聚《るいじゅう》」とは、同《おな》じ種類《しゅるい》のものごとを集《あつ》めること。たとえば、「世《よ》の中《なか》のかわいいもの」をいろいろと集《あつ》めて並《なら》べた段《だん》や、桜《さくら》や橘《たちばな》など和歌《わか》に詠《よ》まれる花々《はなばな》について、その美《うつく》しさを述《の》べた段《だん》がある。

たとえば

「うつくしきもの」 ▼30ページ

「にくきもの」 ▼32ページ など

日記的章段《にっきてきしょうだん》

清少納言《せいしょうなごん》が体験《たいけん》したことや見聞《みき》きした話《はなし》などを、日記《にっき》のように書《か》きとめたもの。宮中《きゅうちゅう》での人々《ひとびと》の生活《せいかつ》の様子《ようす》を知《し》ることができる。たとえば、清少納言《せいしょうなごん》が初《はじ》めて定子《ていし》と出会《であ》ったときのことなどが書《か》かれている。

たとえば

「宮《みや》にはじめてまゐ（い）りたるころ」 ▼24ページ

「中納言《ちゅうなごん》まゐ（い）りたまひ（い）て」 ▼26ページ

「雪《ゆき》のいと高《たこ》う降《ふ》りたるを」 ▼28ページ など

随想的章段《ずいそうてきしょうだん》

自然《しぜん》や世間《せけん》についての観察《かんさつ》や意見《いけん》、感想《かんそう》などを自由《じゆう》に書《か》いたもの。四季《しき》の魅力《みりょく》を語《かた》った段《だん》や、仏教《ぶっきょう》を教《おし》える僧侶《そうりょ》の良《よ》し悪《あ》しについて意見《いけん》を述《の》べた段《だん》などがある。

たとえば

「春《はる》はあけぼの」 ▼18ページ

「説教《せきょう》の講師《こうじ》は」 ▼34ページ など

緊張《きんちょう》でいっぱいの宮仕《みやづか》え
宮《みや》にはじめてまゐ《(い)》りたるころ

随筆《ずいひつ》
日記的章段《にっきてきしょうだん》

原文《げんぶん》を読《よ》んでみよう

宮《みや》にはじめてまゐ《(い)》りたるころ、物《もの》のはづ《(ず)》かしき事《こと》の数《かず》知《し》らず、涙《なみだ》も落《お》ちぬべければ、夜々《よるよる》まゐ《(い)》りて、三尺《さんじゃく》の御几帳《みきちょう》のうしろに候《さぶら》ふ《(う)》に、絵《え》など取《と》り出《い》でて見《み》せさせたまふ《(う)》を、手《て》にてもえさし出《い》づまじう《(じゅう)》わりなし。

「これはとあり、かかり。それか、かれか」などのたまは《(わ)》す。高杯《たかつき》にまゐ《(い)》らせたる御殿油《おんとなぶら》なれば、髪《かみ》の筋《すじ》なども、なかなか昼《ひる》よりも顕証《けそう》に見《み》えてまばゆけれど、念《ねん》じて見《み》などす。

いとつめたきころなれば、さし出《い》でさせたまへ《(え)》る御手《おんて》のはつかに見《み》ゆるが、いみじう《(じゅう)》にほ《(お)》ひ《(い)》たる薄紅梅《うすこうばい》なるは、限《かぎ》りなくめでたしと、見知《みし》らぬ里《さと》

この場面《ばめん》のお話《はなし》

中宮定子様《ちゅうぐうていしさま》の御殿《ごてん》に初《はじ》めてお仕《つか》えしたころ、いろいろなことがはずかしくて、泣《な》いてしまいそうなほどだった。それで、毎日《まいにち》、夜《よる》に中宮様《ちゅうぐうさま》 ▼55ページ のもとへ行《い》き、おそばの三尺《さんじゃく》の御几《みき》帳《ちょう》の後《うし》ろにひかえていると、中宮様《ちゅうぐうさま》は絵《え》などをとりだして見《み》せてくださるのだけれど、私《わたし》は手《て》さえも出《だ》せそうになく、困《こま》ってしまった。

すると、中宮様《ちゅうぐうさま》は「この絵《え》はああだ、こうだ。その絵《え》が好《す》き？　あの絵《え》が好《す》き？」などと話《はな》しかけてくださる。高杯《たかつき》にともしてある火《ひ》なので、髪《かみ》の毛《け》なども、かえって昼《ひる》よりもはっきり見《み》えてはずかしいけれど、がまんして私《わたし》も絵《え》を見《み》たりした。

ひどく冷《ひ》える時期《じき》で、袖《そで》からのぞく中宮様《ちゅうぐうさま》の手《て》がちらっと見《み》えたときに、薄《うす》ピンクをしていたのも、言葉《ことば》にならないほど美《うつく》しい。宮中《きゅうちゅう》のことを知《し》らない私《わたし》は、「このような方《かた》が、世《よ》の中《なか》にはいらっしゃったのだ」と、はっと驚《おどろ》いてしまい、思《おも》わず中宮様《ちゅうぐうさま》を見《み》つめてしまった。

このお話《はなし》の続《つづ》きは……

明《あ》け方《がた》、私《わたし》が自分《じぶん》の部屋《へや》に帰《かえ》ろうとする

人心地には、「かかる人こそは、世におは《(わ)》しましけれ」と、おどろかるるまでぞまもりまゐ《(い)》らする。

と、中宮様は「もう少しいて」とおっしゃる。はずかしくて顔《かお》をふせ、部屋《へや》の格子戸《こうしど》を下《さ》げておく。中宮様《ちゅうぐうさま》は、そうじのために格子戸《こうしど》を上《あ》げようとする女房《にょうぼう》を止《と》めて、あれこれと話《はな》したあとで、ようやく「帰《かえ》っていいけれど、夜《よる》また早《はや》く来《き》てね」とおっしゃる。

どうしてこんなに緊張《きんちょう》していたの？

女房《にょうぼう》 ▼11ページ のほとんどは中流貴族《ちゅうりゅうきぞく》のお嬢様《じょうさま》で、あまり人前《ひとまえ》に顔《かお》を出《だ》すことはなかった。当時《とうじ》は学校《がっこう》もなく、彼女《かのじょ》たちにとって宮仕《みやづか》え ▼11ページ が初《はじ》めての集団生活《しゅうだんせいかつ》になる。そのため、このときの清少納言《せいしょうなごん》は、初《はじ》めての出勤《しゅっきん》でとても緊張《きんちょう》している。

「三尺《さんじゃく》の御几帳《みきちょう》」ってどんなもの？

「尺《しゃく》」は長《なが》さの単位《たんい》で、一尺《いっしゃく》は約《やく》三〇センチ。「几帳《きちょう》」はT字型《ティーじがた》の支柱《しちゅう》に布《ぬの》をつるしたもので、部屋《へや》の間仕切《まじき》りに使《つか》われた。つまり「三尺《さんじゃく》の御几帳《みきちょう》」は、高《たか》さ約《やく》九〇センチのついたてのこと。

夜《よ》なのに、昼《ひる》よりもよく見《み》える？

当時《とうじ》は、油《あぶら》を燃《も》やして夜《よる》の明《あ》かりをとっていた。この場面《ばめん》で使《つか》うのは、高坏《たかつき》という、高《たか》い台《だい》のついた、さかずき形《がた》の食器《しょっき》。これを逆《さか》さにして、台《だい》の底《そこ》に皿《さら》を置《お》き、火《ひ》をともすための油《あぶら》を入《い》れて明《あ》かりをとっている。ふつうの灯台《とうだい》より低《ひく》いので、手元《てもと》が明《あか》るい。顔《かお》がはっきり見《み》えてしまうため、清少納言《せいしょうなごん》ははずかしがっている。

用語解説《ようごかいせつ》

＊御殿油《おんとなぶら》……灯火《ともしび》。　＊なかなか……かえって。なまじっか。　＊顕証《けそう》……はっきり。　＊念《ねん》じて……がまんして。　＊はつかに……ちらっと。わずかに。　＊にほひたる……つやつやとした。きわだった美《うつく》しさ。　＊里人《さとびと》……宮仕《みやづか》えしていないふつうの人《ひと》。　＊まもり……じっと見《み》つめる。

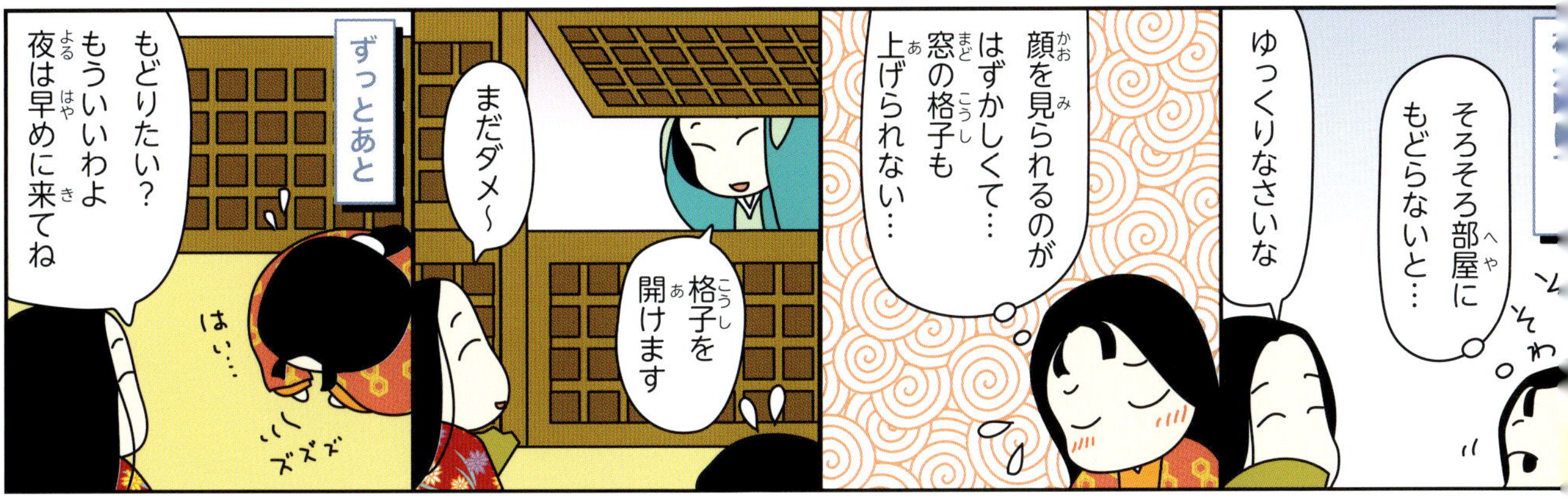
そわ
そろそろ部屋《へや》にもどらないと…
ゆっくりなさいな
顔《かお》を見《み》られるのがはずかしくて…窓《まど》の格子《こうし》も上《あ》げられない…
格子《こうし》を開《あ》けます
まだダメ～
ずっとあと
もどりたい？もういいわよ夜《よる》は早《はや》めに来《き》てね
はい…
ズズズ

見《み》たこともない扇《おうぎ》の骨《ほね》
中納言《ちゅうなごん》まゐ《(い)》りたまひ《(い)》て

原文《げんぶん》を読《よ》んでみよう

中納言《ちゅうなごん》まゐ《(い)》りたまひ《(い)》て、御扇《みおうぎ》奉《たてまつ》らせたまふ《(う)》に、「隆家《たかいえ》こそいみじき骨《ほね》は得《え》てはべれ。それを、張《は》らせてまゐ《(い)》らせむ《(ん)》とするに、おぼろけの紙《かみ》はえ張《は》るまじければ、もとめはべるなり」と申《もう》したまふ《(う)》。「いかやう《(よ)》にかある」と問《と》ひ《(い)》きこえさせたまへ《(え)》ば、「すべていみじう《(じゅう)》侍《はべ》り。『さらにまだ見《み》ぬ骨《ほね》のさまなり』となむ《(ん)》人々《ひとびと》申《もう》す。まことにかばかりのは見《み》えざりつ」とこと高《たか》くのたまへ《(え)》ば、「さては扇《おうぎ》のにはあらで、くらげのなり」と聞《きこ》ゆれば、「これは隆家《たかいえ》がことにしてむ《(ん)》」とて、笑《わら》ひ《(い)》たまふ《(う)》。

かやう《(よ)》の事《こと》こそは、かたはらいたき事《こと》のうちに入《い》れつべけれど、「一《ひと》つな

この場面《ばめん》のお話《はなし》

中納言《ちゅうなごん》がいらっしゃって、中宮定子様《ちゅうぐうていしさま》に扇子《せんす》をプレゼントなさろうとして、「私《わたくし》、隆家《たかいえ》は、すばらしい扇子《せんす》の骨《ほね》を手《て》に入《い》れました。それに、紙《かみ》を張《は》ってあなたにプレゼントしようと思《おも》うのですが、いいかげんな紙《かみ》はとても張《は》るわけにはいきません。それで、紙《かみ》を探《さが》しているのです」とおっしゃった。中宮様《ちゅうぐうさま》▼55ページが「いったいどんな骨《ほね》なのか」とおたずねになると、「何《なに》もかもすばらしいのでございます。『だれも見《み》たことのないような骨《ほね》だ』とみながいいます。本当《ほんとう》にこれほどの骨《ほね》はないですよ」と、自信《じしん》たっぷりにおっしゃる。私《わたし》が「それでは扇子《せんす》の骨《ほね》ではなくて、くらげの骨《ほね》のようですね」というと、中納言《ちゅうなごん》は「これはおもしろい。ぜひ私《わたし》がいったことにしよう」と気《き》に入《い》って、大笑《おおわら》いされた。

このようなことは、じまんに聞《き》こえて見苦《みぐる》しいので、だまっておくほうがよいのだけれど、まわりのみんなが「一《ひと》つも書《か》きもらさないでね」というので、仕方《しかた》なく書《か》くことにした。

宮中《きゅうちゅう》をにぎわせた藤原一族《ふじわらいちぞく》

藤原一族《ふじわらいちぞく》は、当時《とうじ》の貴族《きぞく》の中《なか》でも「一流《いちりゅう》」とい

マンガで読《よ》む！

中納言《ちゅうなごん》 隆家様《たかいえさま》のご訪問《ほうもん》

「おとしそ」と言へば、いかがはせむ。

われたエリート。娘を天皇《てんのう》と結婚させ、その子どもが天皇《てんのう》になると世話役《せわやく》として政治《せいじ》にかかわることで、絶大《ぜつだい》な権力《けんりょく》を手《て》に入《い》れていた。清少《せいしょう》納言《なごん》が定子《ていし》に仕《つか》えていたころ、権力《けんりょく》をめぐって一族《いちぞく》の中《なか》で争《あらそ》いが起《お》こる。しかし、そうした不運《ふうん》なできごとは、『枕草子《まくらのそうし》』には書《か》かれていない。

どうして突然《とつぜん》くらげが出《で》てくるの？

くらげは骨《ほね》のない生《い》き物《もの》なので、くらげの骨《ほね》はだれも見《み》たことがないはず。それを「だれも見《み》たことのないような扇子《せんす》の骨《ほね》」にたとえた、清少納言《せいしょうなごん》のジョークである。

みんなが「一《ひと》つなおとしそ」といったのはどうして？

女房《にょうぼう》（▼11ページ）たちが集《あつ》まる場《ば》で、『枕草子《まくらのそうし》』はよく読《よ》まれていたようだ。女房《にょうぼう》たちは、この話《はなし》を『枕草子《まくらのそうし》』で読《よ》みたいとリクエストしており、清少納言《せいしょうなごん》がそれにこたえていたことがわかる。

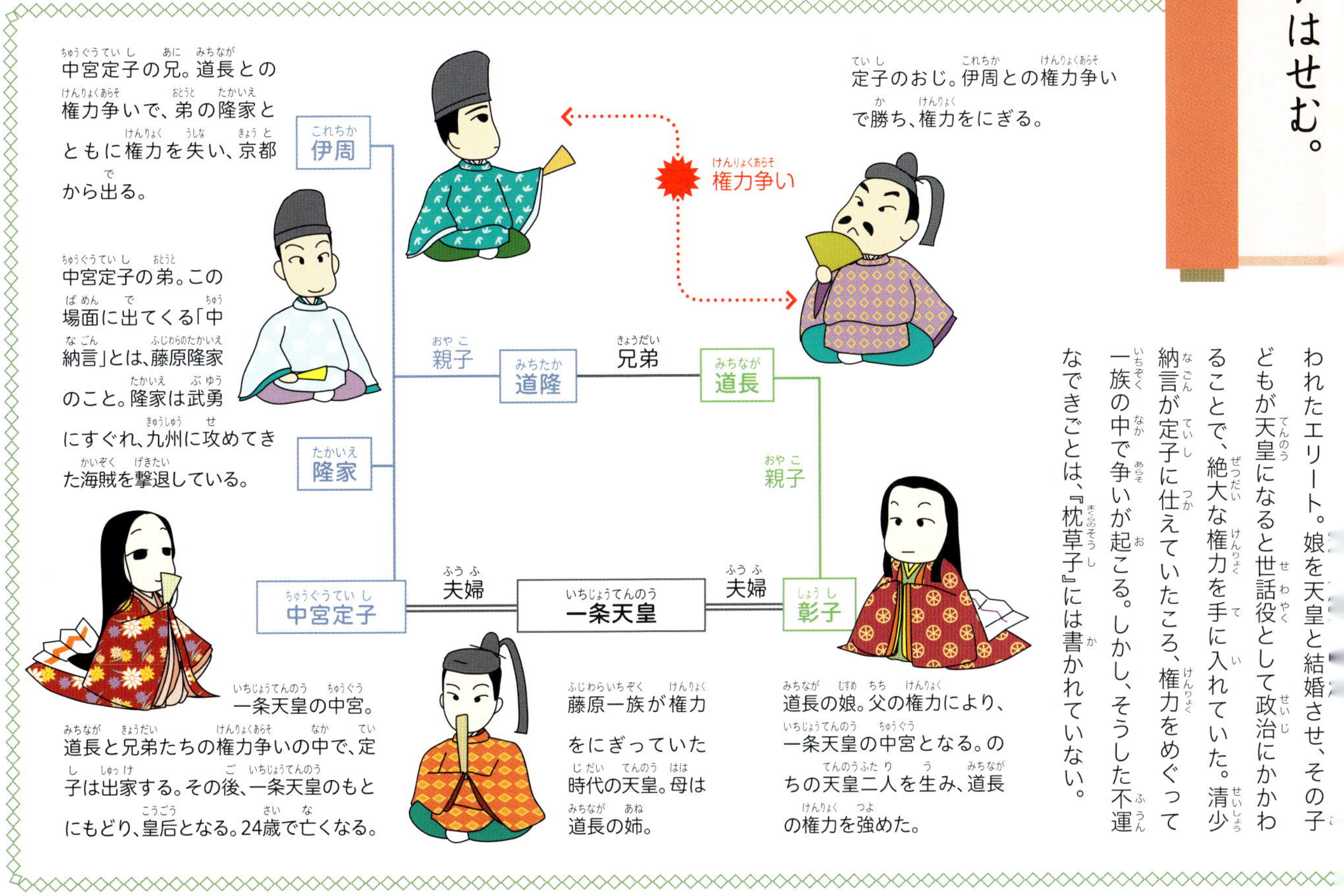

中宮定子《ちゅうぐうていし》の兄《あに》。道長《みちなが》との権力争《けんりょくあらそ》いで、弟《おとうと》の隆家《たかいえ》とともに権力《けんりょく》を失《うしな》い、京都《きょうと》から出《で》る。
伊周《これちか》
権力争《けんりょくあらそ》い
定子《ていし》のおじ。伊周《これちか》との権力争《けんりょくあらそ》いで勝《か》ち、権力《けんりょく》をにぎる。
中宮定子《ちゅうぐうていし》の弟《おとうと》。この場面《ばめん》に出《で》てくる「中《ちゅう》納言《なごん》」とは、藤原隆家《ふじわらのたかいえ》のこと。隆家《たかいえ》は武勇《ぶゆう》にすぐれ、九州《きゅうしゅう》に攻《せ》めてきた海賊《かいぞく》を撃退《げきたい》している。
親子《おやこ》
道隆《みちたか》
兄弟《きょうだい》
道長《みちなが》
隆家《たかいえ》
親子《おやこ》
中宮定子《ちゅうぐうていし》
夫婦《ふうふ》
一条天皇《いちじょうてんのう》
夫婦《ふうふ》
彰子《しょうし》
一条天皇《いちじょうてんのう》の中宮《ちゅうぐう》。道長《みちなが》と兄弟《きょうだい》たちの権力争《けんりょくあらそ》いの中《なか》で、定《てい》子《し》は出家《しゅっけ》する。その後《ご》、一条天皇《いちじょうてんのう》のもとにもどり、皇后《こうごう》となる。24歳《さい》で亡《な》くなる。
藤原一族《ふじわらいちぞく》が権力《けんりょく》をにぎっていた時代《じだい》の天皇《てんのう》。母《はは》は道長《みちなが》の姉《あね》。
道長《みちなが》の娘《むすめ》。父《ちち》の権力《けんりょく》により、一条天皇《いちじょうてんのう》の中宮《ちゅうぐう》となる。のちの天皇二人《てんのうふたり》を生《う》み、道長《みちなが》の権力《けんりょく》を強《つよ》めた。

すごい骨で！
だれも見《み》たことがないような骨《ほね》で！
だれも見《み》たことがない骨《ほね》ですか？ それじゃくらげの骨《ほね》みたいですわ
わはは
ナイスジョーク！
それボクがいったことにしちゃおう！
いただきまーす
しょうもない話《はなし》だけど
何《なに》もかも全部《ぜんぶ》書《か》けといわれたから仕方《しかた》なく書《か》いてます…

用語解説《ようごかいせつ》
＊いみじき……すばらしい。　＊おぼろけの……なみの。普通《ふつう》の。　＊こと高《たか》く……「言高《ことたか》く」。声高《こわだか》に。得意《とくい》げに。　＊かたはらいたき事《こと》……きまりが悪《わる》いこと。たえられない、にがにがしいこと。　＊一《ひと》つなおとしそ……一言《ひとこと》も書《か》き落《お》とさないでほしい。　＊いかがはせむ……どうしようか、どうしようもない。仕方《しかた》がない。

枕草子《まくらのそうし》

二百八十段《だん》

中宮様《ちゅうぐうさま》にお仕《つか》えするのにふさわしい人《ひと》とは 雪《ゆき》のいと高《たこ》う降《ふ》りたるを

随筆《ずいひつ》

日記的章段《にっきてきしょうだん》

原文《げんぶん》を読《よ》んでみよう

雪《ゆき》のいと高《たこ》う降《ふ》りたるを、例《れい》ならず御格子《みこうし》まゐ《(い)》りて、炭櫃《すびつ》に火《ひ》おこして、物語《ものがたり》などしてあつまりさぶらふ《(う)》に、「少納言《しょうなごん》よ。香炉峰《こうろほう》の雪《ゆき》いかならむ《(ん)》」と仰《おお》せらるれば、御格子《みこうし》上《あ》げさせて、御簾《みす》を高《たか》く上《あ》げたれば、笑《わら》は《(わ)》せたまふ《(う)》。人々《ひとびと》も「さる事《こと》は知《し》り、歌《うた》などにさへ《(え)》うたへ《(え)》ど、思《おも》ひ《(い)》こそよらざりつれ。なほ《(お)》この宮《みや》の人《ひと》にはさべきなめり」と言《い》ふ《(う)》。

この場面《ばめん》のお話《はなし》

雪《ゆき》がたくさん降《ふ》って寒《さむ》いので、いつもとちがって格子戸《こうしど》を下《さ》げて、火鉢《ひばち》に火《ひ》をおこし、女房《にょうぼう》たちが集《あつ》まって世間話《せけんばなし》などをしていると、「清少納言《せいしょうなごん》よ、香炉峰《こうろほう》の雪《ゆき》はどうかしらね」と中宮定子様《ちゅうぐうていしさま》が私《わたし》におたずねになる。それで私《わたし》は女官《にょかん》に格子戸《こうしど》を上《あ》げさせて、簾《すだれ》を高《たか》く上《あ》げて外《そと》の景色《けしき》をお見《み》せすると、中宮様《ちゅうぐうさま》▼55ページはうれしそうに笑《わら》われた。その場《ば》にいたみんなも「そのような漢詩《かんし》があることは私《わたし》たちも知《し》っていて、和歌《わか》にも歌《うた》ったりするけれど、簾《すだれ》を上《あ》げて見《み》せるなどということは思《おも》いもよらなかった。やっぱり、中宮様《ちゅうぐうさま》にお仕《つか》えする人《ひと》はこうあるべきよね」という。

女房《にょうぼう》▼11ページには高《たか》い教養《きょうよう》と頭《あたま》の回転《かいてん》の速《はや》さが求《もと》められたの。日《ひ》ごろから勉強《べんきょう》が大事《だいじ》だということをまわりの人々《ひとびと》に教《おし》え、自分《じぶん》も忘《わす》れないでいるために書《か》いたのよ。

マンガで読《よ》む!

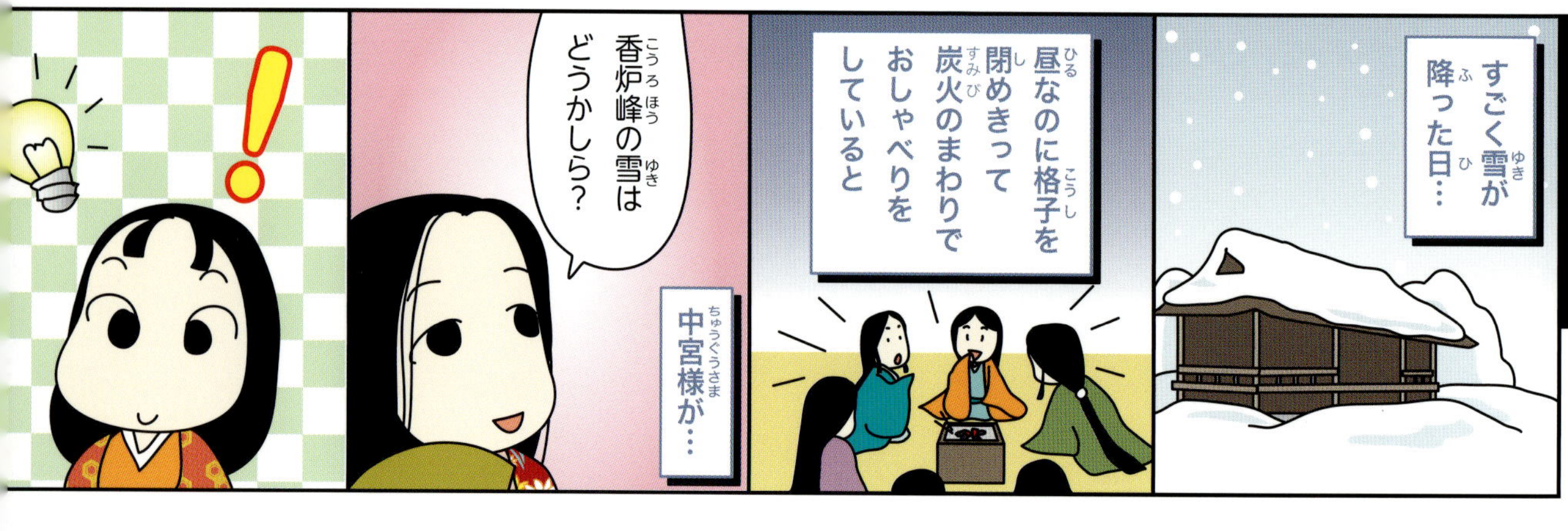

「香炉峰《こうろほう》の雪《ゆき》」って何《なん》のこと?

香炉峰《こうろほう》は、中国《ちゅうごく》の詩人《しじん》の白居易《はくきょい》(白楽天《はくらくてん》)の詩《し》の中《なか》に出《で》てくる山《やま》。詩《し》に「香炉峰《こうろほう》に積《つ》もった雪《ゆき》を、簾《すだれ》を上《あ》げてながめる」との描写《びょうしゃ》がある。

中宮定子《ちゅうぐうていし》は雪景色《ゆきげしき》をながめたかったが、そのままいったのではおもしろくないので、白居易《はくきょい》の詩《し》をかりて清少納言《せいしょうなごん》にうったえた。このやりとりから、二人《ふたり》が中国《ちゅうごく》の書物《しょもつ》にもくわしかったことがわかる。

引用《いんよう》された詩《し》

日高《ひたか》く睡《ねむ》り足《た》るも猶《な》お起《お》くるに慵《ものう》し
小閣《しょうかく》に衾《ふすま》を重《かさ》ねて寒《さむ》さを怕《おそ》れず
遺愛寺《いあいじ》の鐘《かね》は枕《まくら》を欹《そばだ》てて聴《き》き
香炉峰《こうろほう》の雪《ゆき》は簾《すだれ》を撥《かか》げて看《み》る
匡廬《きょうろ》は便《すなわ》ち是《こ》れ名《な》を逃《の》がるるの地《ち》
司馬《しば》は仍《な》お老《おい》を送《おく》るの官《かん》たり
心泰《こころやす》く身寧《みやす》きは是《こ》れ帰《き》する処《ところ》
故郷《こきょう》 何《なん》ぞ独《ひと》り長安《ちょうあん》にのみ在《あ》らんや

国立国会図書館蔵:
『歴代君臣圖像』2巻より白居易

用語解説《ようごかいせつ》

白居易《はくきょい》は中国《ちゅうごく》の唐《とう》の時代《じだい》の有名《ゆうめい》な詩人《しじん》。『源氏物語《げんじものがたり》』の「桐壺《きりつぼ》」という話《はなし》にも彼《かれ》のよんだ詩《し》「長恨歌《ちょうごんか》」が出《で》てくる。

「例《れい》ならず」ということは、格子戸《こうしど》はいつも開《あ》けっぱなしなの?

格子《こうし》は細《ほそ》い木《き》をタテヨコに組《く》んで板《いた》をつけた、窓《まど》とかべの中間《ちゅうかん》のようなもの(上下《じょうげ》に分《わ》かれていて、上《うえ》の戸《と》は釣《つ》り上《あ》げて開《ひら》く)。昼間《ひるま》に開《あ》け、夜間《やかん》は閉《と》じておくのが基本的《きほんてき》な使《つか》い方《かた》だった。

御簾《みす》は、細《ほそ》い竹《たけ》ひごを並《なら》べて糸《いと》で編《あ》みあげた、カーテンやブラインドにあたるもの。季節《きせつ》や時間帯《じかんたい》にあわせて上《あ》げ下《さ》げし、光《ひかり》や風《かぜ》の入《はい》り具合《ぐあい》を調節《ちょうせつ》した。

部屋《へや》の中《なか》で火《ひ》をたくなんて、あぶなくないの?

当時《とうじ》の建物《たてもの》は、今《いま》の建物《たてもの》ほど密閉性《みっぺいせい》が高《たか》くない。夏《なつ》でも涼《すず》しいぶん、厳《きび》しい冬《ふゆ》の寒《さむ》さをしのぐには、炭櫃《すびつ》(火鉢《ひばち》)のような暖房器《だんぼうき》具《ぐ》が欠《か》かせなかった。炭櫃《すびつ》に入《い》れた炭《すみ》は、炎《ほのお》をあげずに赤《あか》くゆっくりと燃《も》え、部屋全体《へやぜんたい》をあたためてくれた。

*例《れい》ならず……いつもとちがって。 *さる事《こと》は……そのことは。ここでは「香炉峰《こうろほう》」の詩《し》のこと。 *さべきなめり……そのようにあるべきと思《おも》われる。

枕草子《まくらのそうし》

百四十五段《だん》

かわいらしいものを集《あつ》めて うつくしきもの

随筆《ずいひつ》

類聚的章段《るいじゅうてきしょうだん》

原文《げんぶん》を読《よ》んでみよう

うつくしきもの　瓜《うり》にかきたるちごの顔《かお》。雀《すずめ》の子のねず鳴《な》きするにを《（お）》どり来《く》る。二《ふた》つ三《み》つばかりなるちごの、いそぎて這《は》ひ《（い）》来《く》る道《みち》に、いと小《ちい》さき塵《ちり》のありけるを、目《め》ざとに見《み》つけて、いとを《（お）》かしげなる指《および》にとらへ《（え）》て、大人《おとな》ごとに見《み》せたる、いとうつくし。頭《かしら》はあまそぎなるちごの、目《め》に髪《かみ》のおほ《（お）》へ《（え）》るを、かきはやらで、うちかたぶきて物《もの》など見《み》たるも、うつくし。

～中略《ちゅうりゃく》～

鶏《にわとり》の雛《ひな》の、足高《あしだか》に、白《しろ》うを《（お）》かしげに、衣短《きぬみじ》かなるさまして、ひよひよとかしがましう《（しゅう）》鳴《な》きて、人《ひと》の後先《しりさき》に立《た》ちてありくもを《（お）》かし。また親《おや》の、ともに連《つ》れ

この場面《ばめん》のお話《はなし》

かわいらしいものといえば、瓜《うり》にえがいた子《こ》どもの顔《かお》。チューチューとよぶと、雀《すずめ》の子《こ》が、ぴょんぴょんとおどるようにして寄《よ》ってくる様子《ようす》もかわいらしい。また、二、三歳《さい》の子《こ》が、急《いそ》いではってくるとちゅうに、小《ちい》さなゴミを見《み》つけて、かわいい指《ゆび》でつまんで、大人《おとな》たちに見《み》せているのは、本当《ほんとう》にかわいらしい。髪《かみ》の毛《け》をおかっぱにした小《ちい》さな女《おんな》の子《こ》が、目《め》に前髪《まえがみ》がかぶさっているのを手《て》ではらいもしないで、首《くび》をかたむけて物《もの》を見《み》るしぐさもかわいらしい。

～中略《ちゅうりゃく》～

鶏《にわとり》のひなが、足《あし》だけ長《なが》い感《かん》じで、白《しろ》くかわいらしく、いかにもたけの短《みじか》い着物《きもの》を着《き》たようなかっこうで、ピヨピヨとやかましく鳴《な》きながら、人《ひと》の前後《ぜんご》を歩《ある》くのもかわいらしい。また、親鳥《おやどり》がひなを連《つ》れて走《はし》る様子《ようす》も、みんなかわいらしい。かるがもの卵《たまご》やガラスの壺《つぼ》もかわいらしい。

このお話《はなし》にはほかにも……

中略部分《ちゅうりゃくぶぶん》には、「あやしているうちにねてしまった赤《あか》ちゃん」「長《なが》い着物《きもの》をひもで結《むす》んで着《き》てハイハイする、まん丸《まる》に太《ふと》った二歳《さい》

マンガで読《よ》む！
かわいいものをいっていくわね！
顔《かお》をえがいた瓜《うり》
雀《すずめ》
ゴミを発見《はっけん》した小《ちい》さい子《こ》
だあ
見《み》えないっ
バサッ
のびすぎた

て立ちて走るも、みなうつくし。かりのこ。瑠璃《るり》の壺《つぼ》。

くらいの子ども」「幼い声で中国の書物を読む、八〜十歳《さい》くらいの男《おとこ》の子《こ》」など、さまざまな子《こ》どもの姿《すがた》がえがかれる。また、「人形《にんぎょう》遊《あそ》びの道具《どうぐ》」「小《ちい》さなハスの葉《は》」「小《ちい》さなアオイの花《はな》」などもかわいいと書《か》かれている。

「うつくしい」と「かわいい」はちがう意味《いみ》じゃないの?

昔《むかし》の言葉《ことば》で「うつくし」は、今《いま》でいう「かわいらしい」の意味《いみ》。当時《とうじ》の人《ひと》たちにとって、かわいいと感《かん》じる対象《たいしょう》は決《き》まって小《ちい》さいものや自分《じぶん》より年下《としした》の者《もの》だった。また、「をかしげ」は「おもしろい」「愛《あい》らしい」という意味《いみ》。

当時《とうじ》は、生《う》まれた年《とし》を1歳《さい》と数《かぞ》えた。ここでの2歳《さい》は、今《いま》の1歳《さい》。

雀《すずめ》、鶏《にわとり》、かるがも……。そんなに鳥《とり》が好《す》きなの?

当時《とうじ》、貴族《きぞく》の女性《じょせい》や子《こ》どもの間《あいだ》で、雀《すずめ》を飼《か》うのが流行《りゅうこう》した。『源氏物語《げんじものがたり》』の「若紫《わかむらさき》」の話《はなし》にも出《で》てくる。▼56ページ

かるがもの卵《たまご》は、部屋《へや》にかざる置物《おきもの》やプレゼントの品《しな》として、当時《とうじ》の貴《き》族《ぞく》たちに人気《にんき》があった。『蜻蛉日記《かげろうにっき》』にも出《で》てくる。

「瑠璃《るり》の壺《つぼ》」ってどんなもの?

瑠璃《るり》は青《あお》く美《うつく》しい宝石《ほうせき》のこと。そこから、当時《とうじ》は輸入品《ゆにゅうひん》で高価《こうか》だった青《あお》いガラスを瑠璃《るり》とよんだ。

用語解説《ようごかいせつ》

＊ねず鳴《な》き……「鼠鳴《ねずな》き」。チューチューとねずみの声《こえ》に似《に》た鳴《な》き声《ごえ》を出《だ》すこと。 ＊あまそぎ……肩《かた》のあたりで切《き》りそろえた髪型《かみがた》。当時《とうじ》の尼《あま》さんと同《おな》じなので、このようにいう。 ＊かりのこ……「雁《かり》の子《こ》」。あひるやかるがもの卵《たまご》。

＊足高《あしだか》に……足《あし》のすねが長《なが》い様子《ようす》。ここでは、足《あし》が羽《はね》より長《なが》く出《で》て見《み》えている様子《ようす》。 ＊かしがましう……うるさく。

着物《きもの》が大《おお》きすぎのハイハイする赤《あか》ちゃん
ずりずり
八〜十歳《さい》くらいの男《おとこ》の子《こ》が難《むずか》しい本《ほん》を読《よ》んでるところ
子《し》曰《いわ》く 学《まな》びて…
ヒヨコが親鳥《おやどり》について鳴《な》いたりまわったりするのもかわいい
ピヨピヨ
かるがもの卵《たまご》や
ガラスの壺《つぼ》もかわいいわ!

枕草子《まくらのそうし》

二十六段《だん》

イライラするものたち にくきもの

原文《げんぶん》を読《よ》んでみよう

にくきもの　いそぐ事《こと》あるをり《(お)》に来《き》て、長言《ながごと》するまらう《(ろ)》ど。あなづりやすき人《ひと》ならば、「後《のち》に」とてもやりつべけれど、心《こころ》はづ《(ず)》かしき人《ひと》、いとにくくむつかし。

硯《すずり》に髪《かみ》の入《い》りて磨《す》られたる。また、墨《すみ》の中《なか》に、石《いし》のきしきしときしみ鳴《な》りたる。

には《(わ)》かにわづ《(ず)》らふ《(う)》人《ひと》のあるに、験者《げんざ》もとむるに、例《れい》ある所《ところ》になくて、ほかにたづ《(ず)》ねありくほど、いと待《ま》ち遠《どお》に久《ひさ》しきに、からう《(ろ)》じて待《ま》ちつけて、よろこびながら加持《かじ》せさするに、このごろ物《もの》の怪《け》にあづ《(ず)》かりて困《こう》じにけるにや、ゐ《(い)》るままにすなは《(わ)》ちねぶり声《こえ》なる、

この場面《ばめん》のお話《はなし》

にくらしいものといえば、急《いそ》いでいるときにやってきて、長話《ながばなし》をする客《きゃく》。軽《かる》くあつかってもいい人《ひと》ならば、「あとでね」といって帰《かえ》してしまうこともできるけれど、そうはいかない立派《りっぱ》な人《ひと》の場合《ばあい》は、ひどくイラッとして嫌《いや》になる。

墨《すみ》をするときに硯《すずり》に髪《かみ》の毛《け》が入《はい》ってしまうのも、また、墨《すみ》の中《なか》に石《いし》がまざって、キシキシと音《おと》を立《た》てるのもふゆかいだ。

急病人《きゅうびょうにん》が出《で》たので、病気《びょうき》を治《なお》してくれる修《しゅ》験者《げんじゃ》に来《き》てほしいのに、いつもの所《ところ》にいなくて、あちこち探《さが》しまわっているのは、待《ま》ち遠《どお》しくて時間《じかん》が長《なが》く感《かん》じられる。それなのに、やっと来《き》たと思《おも》って、こちらがよろこんでおいのりをさせると、このごろ妖怪退治《ようかいたいじ》がいそがしくてつかれているのか、座《すわ》ったとたんにねむそうな声《こえ》でお経《きょう》を読《よ》むのは、本当《ほんとう》ににくらしい。

〜中略《ちゅうりゃく》〜

ねむたくて横《よこ》になっているときに、蚊《か》がか細《ぼそ》い声《こえ》で心細《こころぼそ》そうに、ブーンと名《な》のりながら顔《かお》のそばを飛《と》びまわるのもイライラする。

随筆《ずいひつ》

類聚的章段《るいじゅうてきしょうだん》

マンガで読《よ》む！
にくらしいものは…
いそがしいのに長《なが》い話《はなし》をする人《ひと》
でね、これこれがこうであれはああなって、それで私《わたし》がこういったらあの人《ひと》ったらね こんなことというのよ だから私《わたし》は……
イライラ
硯《すずり》に髪《かみ》の毛《け》が入《はい》ったり、石《いし》が入《はい》って墨《すみ》をするとき、キシキシと鳴《な》ること
病人《びょうにん》が出《で》たのにどこにいるかわからない修験者《しゅげんじゃ》
いません

いとにくし。

～中略《ちゅうりゃく》～

ねぶたしと思《おも(い)》ひて臥《ふ》したるに、蚊《か》の細声《ほそごえ》にわびしげに名《な》のりて、顔《かお》のほどに飛《と》びありく。

このお話の続きは……

ギシギシと車輪《しゃりん》がきしむ牛車《ぎっしゃ》に乗《の》っている人《ひと》は、あの音《おと》が聞《き》こえないのかと、とてもにくらしくなる。私《わたし》が乗《の》る牛車《ぎっしゃ》がそんな音《おと》を立《た》てたら、その牛車《ぎっしゃ》の持《も》ち主《ぬし》まで、にくらしくなってしまう。また、自分一人《じぶんひとり》で話《はなし》をどんどん進《すす》めてしまうでしゃばりは、子《こ》どもでも大人《おとな》でも、とにかくにくらしい。

どうして硯《すずり》や墨《すみ》にまでイライラするの？

昔《むかし》は筆《ふで》で文字《もじ》を書《か》くのが当《あ》たり前《まえ》だったので、硯《すずり》や墨《すみ》はいつも身近《みぢか》な、よく使《つか》う道具《どうぐ》だった。だからこそ、髪《かみ》の毛《け》や小石《こいし》など小《ちい》さなゴミが硯《すずり》に入《はい》って立《た》てる音《おと》が気《き》になった。

蚊《か》が声《こえ》を出《だ》したり名《な》のったりする？

蚊《か》が「ブーン」と羽《はね》を鳴《な》らしてやってくる音《おと》を、人間《にんげん》の声《こえ》に見立《みた》てた。また、この音《おと》に「文《ぶん》」という漢字《かんじ》をあてたことが、「蚊《か》」という漢字《かんじ》の由来《ゆらい》である。

「験者《げんざ》」ってどんな人《ひと》？

お坊《ぼう》さんのこと。当時《とうじ》、病気《びょうき》はもののけ（妖怪《ようかい》や悪霊《あくりょう》）が人間《にんげん》にとりついて起《お》こると考《かんが》えられていた。験者《げんざ》は、加持祈祷《かじきとう》（おいのりやおはらい）の力《ちから》でもののけを追《お》い出《だ》し、病気《びょうき》を治《なお》してくれる。

また、この時代《じだい》のお坊《ぼう》さんは医師《いし》や土木工事《どぼくこうじ》の技師《ぎし》のような仕事《しごと》もした。

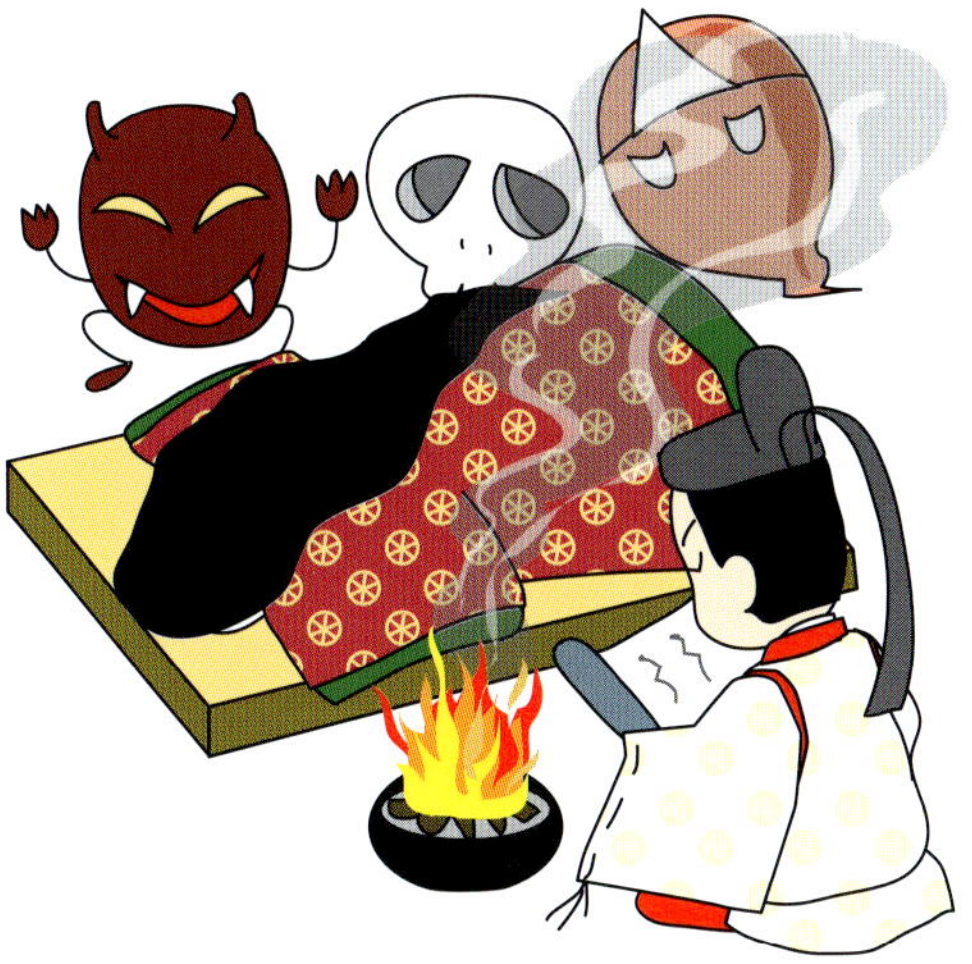

用語解説《ようごかいせつ》

＊にくきもの……にくらしいもの。嫌《いや》（不快《ふかい》）なもの。

＊まらうど……「稀人《まれびと》」。客人《きゃくじん》、よそから訪《たず》ねてきた人《ひと》。

＊困《こう》じ……つかれる。困《こま》る。

＊すなはち……すぐに。

枕草子《まくらのそうし》

三十一段《だん》

お坊様《ぼうさま》の話《はなし》を聞《き》きながら思《おも》う 説経《せきょう》の講師《こうじ》は

随筆《ずいひつ》

随想的章段《ずいそうてきしょうだん》

原文《げんぶん》を読《よ》んでみよう

説経《せきょう》の講師《こうじ》は、顔《かお》よき。講師《こうじ》の顔《かお》をつとまもらへ《(え)》たるこそ、その説《と》くことのたふ《(とう)》とさもおぼゆれ。ひが目《め》しつれば、ふと忘《わす》るるに、にくげなるは、罪《つみ》や得《う》らむ《(ん)》とおぼゆ。このことはとどむべし。すこし年《とし》などのよろしきほどは、かやう《(よう)》の罪得方《つみえがた》のことは書《か》き出《い》でけめ、今《いま》は罪《つみ》、いとおそろし。

また、「たふ《(とう)》とき事《こと》、道心《どうしん》おほ《(お)》かり」とて、説経《せきょう》すといふ《(う)》所《ところ》ごとに、さいそにいきゐ《(い)》るこそ、なほ《(お)》この罪《つみ》の心《こころ》には、いとさしもあらでと見《み》ゆれ。

この場面《ばめん》のお話《はなし》

仏教《ぶっきょう》を教《おし》えるお坊様《ぼうさま》は、顔《かお》がよいほうがいい。お坊様《ぼうさま》の顔《かお》をじっと見《み》て話《はなし》を聞《き》くからこそ、その内容《ないよう》の大事《だいじ》さもわかるのだ。そうでないと、よそ見《み》をしてしまうので、たちまち聞《き》いたことも忘《わす》れてしまう。にくらしい顔《かお》のお坊様《ぼうさま》の話《はなし》を聞《き》いていると、ちゃんと聞《き》けずに悪《わる》いことをしている気分《きぶん》になる。こんなことは書《か》いてはいけないのだけれど。もう少《すこ》し若《わか》いころなら、こんなふうに罪深《つみぶか》いことも平気《へいき》で書《か》いたと思《おも》うけれど、今《いま》の私《わたし》の年《とし》では仏様《ほとけさま》にしかられるようなことを書《か》くのは、とてもこわい。

また、「説法《せっぽう》はありがたいものだ。私《わたし》は仏《ほとけ》を信《しん》じる心《こころ》が強《つよ》いのだ」といって、説経《せっきょう》の場《ば》に、まっ先《さき》に行《い》って座《すわ》る人《ひと》は、私《わたし》のような罪深《つみぶか》い人間《にんげん》からすると、そんなにしなくてもいいのにと思《おも》える。

このお話《はなし》の続《つづ》きは……

蔵人《くろうど》（天皇《てんのう》の秘書《ひしょ》）の職《しょく》を離《はな》れた人《ひと》は「蔵《くろ》人《うど》の五位《ごい》」とよばれ、仕事《しごと》は一応《いちおう》あるけれど、やはり現役《げんえき》のときよりはいそがしくない。それで蔵人《くろうど》の五位《ごい》たちは、しょっちゅう説《せっ》

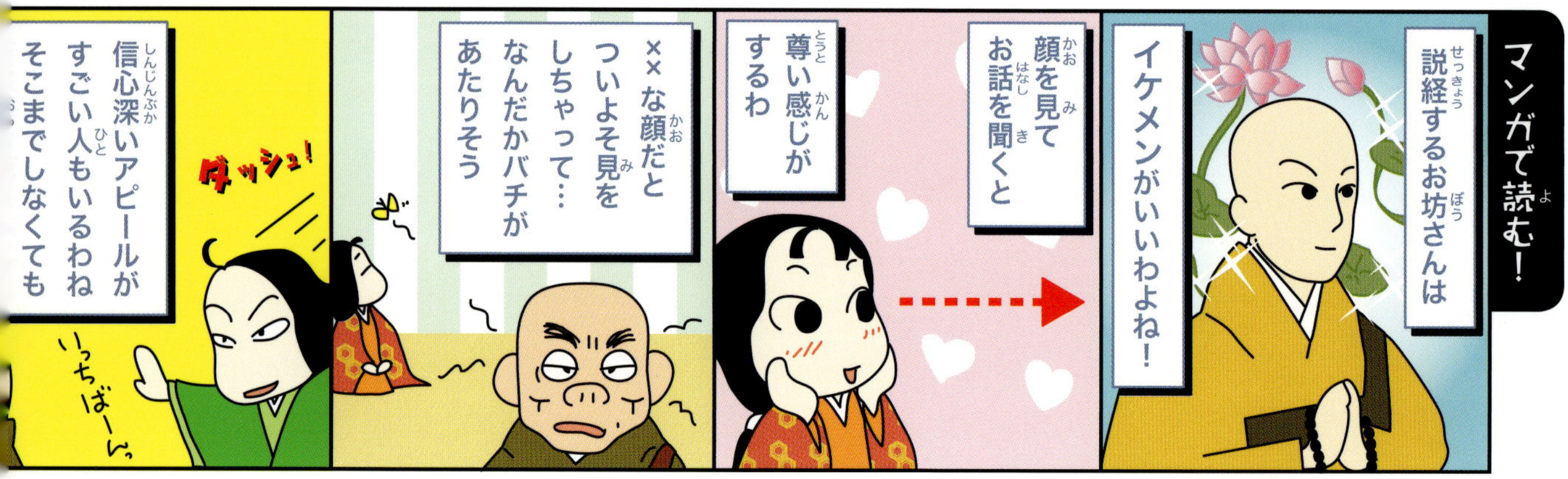

マンガで読《よ》む!
説経《せっきょう》するお坊《ぼう》さんは
イケメンがいいわよね!
顔《かお》を見《み》てお話《はなし》を聞《き》くと
尊《とうと》い感《かん》じがするわ
××な顔《かお》だとついよそ見《み》をしちゃって…なんだかバチがあたりそう
ダッシュ!
信心深《しんじんぶか》いアピールがすごい人《ひと》もいるわね
そこまでしなくても

「説経《せきょう》」って、今《いま》のお説教《せっきょう》とはちがうもの？

「説経《せきょう》」とは仏教《ぶっきょう》を教《おし》えること。当時《とうじ》は仏教《ぶっきょう》を教《おし》えてくれるお坊《ぼう》さんがいて、教室《きょうしつ》を開《ひら》いて、人々《ひとびと》にお経《きょう》の意味《いみ》や仏《ほとけ》の教《おし》えなどをわかりやすく話《はな》して聞《き》かせていた。

今《いま》の「説教《せっきょう》」にあるような、「悪《わる》いことをしてしかられる」という意味《いみ》あいはなく、むしろみんなが楽《たの》しみにするものだった。

どうして罪深《つみぶか》いことを書《か》くのがこわいの？

当時《とうじ》の人《ひと》は信仰心《しんこうしん》が強《つよ》く、「仏様《ほとけさま》の教《おし》えに背《そむ》くようなことをしたら罰《ばつ》が下《くだ》る」と心《こころ》から信《しん》じていた。

お坊《ぼう》さんを顔《かお》で判断《はんだん》する上《うえ》に、仏《ほとけ》の教《おし》えをまじめに聞《き》かないなんて、病気《びょうき》やけが、さらには死後《しご》、極楽《ごくらく》へ行《い》けないなどのバチがあたるのではないかと、若《わか》くない清少納言《せいしょうなごん》は心配《しんぱい》している。

こっち見て
LOVE
大すき

ハンサムなお坊《ぼう》さんは女性《じょせい》たちの
アイドル的存在《てきそんざい》だった。

経を聞きに行く。お坊様と世間話をしたり、女性客《じょせいきゃく》の車《くるま》を案内《あんない》したりと慣《な》れたものだ。知人《ちじん》と再会《さいかい》すると、懐《なつ》かしがって、座《すわ》りこんで話《はな》しはじめる。おもしろおかしく世間話《せけんばなし》をしているうちに、説経《せっきょう》など耳《みみ》に入《はい》らなくなってしまう。どうせ聞《き》き慣《な》れていて、めずらしくもないのだろう。

退屈《たいくつ》しのぎに
来《き》ているみたい
お坊《ぼう》さんと話《はな》したり
会場《かいじょう》をしきったり
ハイ
その車《くるま》
こっちね
久《ひさ》しぶりの
知《し》りあいと
しゃべったり
笑《わら》ったり
やっほ～
げんき～？
説教《せっきょう》なんて
聞《き》いてないの！
同《おな》じ話《はなし》を
もう何度《なんど》も
聞《き》いてるから
めずらしくない
のでしょうね

用語解説《ようごかいせつ》
＊つと……じっと。しっかりと。　＊まもらへたる……目《め》をはなさず見《み》る。見守《みまも》っている。　＊ひが目《め》……よそ見《み》。横目《よこめ》。　＊道心《どうしん》……仏教《ぶっきょう》を信《しん》じる心《こころ》。　＊さいそに……最初《さいしょ》に。

『紫式部日記《むらさきしきぶにっき》』

『源氏物語《げんじものがたり》』▶49〜67ページの作者《さくしゃ》として有名《ゆうめい》な、紫式部《むらさきしきぶ》の日記《にっき》です。彼女《かのじょ》が仕《つか》えた中宮彰子《ちゅうぐうしょうし》や、ライバルだった清少納言《せいしょうなごん》のこと、当時《とうじ》の宮中《きゅうちゅう》の様子《ようす》などが書《か》かれています。

平安時代《へいあんじだい》の中《なか》ごろ（一〇一〇年《ねん》ごろ）に、紫式部《むらさきしきぶ》によって書《か》かれた日記《にっき》。

日記《にっき》は、一条天皇《いちじょうてんのう》の妃《きさき》（中宮《ちゅうぐう》▼55ページ）である中宮彰子《ちゅうぐうしょうし》が、出産《しゅっさん》のために、実家《じっか》である藤原道長《ふじわらのみちなが》のもとに里帰《さとがえ》りしているところからはじまる。そして、後一条天皇《ごいちじょうてんのう》の誕生《たんじょう》と、それに続《つづ》くさまざまな行事《ぎょうじ》の様子《ようす》が書《か》かれる。

皇子《おうじ》の誕生《たんじょう》をよろこぶ人々《ひとびと》の様子《ようす》や、宮中《きゅうちゅう》でおこなわれていた行事《ぎょうじ》のこと、女房《にょうぼう》▼11ページたちの生活《せいかつ》の様子《ようす》などがわかる資料《しりょう》として重要《じゅうよう》な作品《さくひん》である。

また、できごとの記録《きろく》だけでなく、紫式部《むらさきしきぶ》自身《じしん》の人生《じんせい》のふり返《かえ》りや、出会《であ》ってきた人《ひと》への複雑《ふくざつ》な思《おも》いなど、個人的《こじんてき》な心《こころ》の内《うち》が明《あ》かされている。『源氏物語《げんじものがたり》』の作者《さくしゃ》の内面《ないめん》を知《し》る手《て》がかりとしても貴重《きちょう》である。

宮仕《みやづか》え▼11ページをしているときに見《み》たことや聞《き》いたこと、そして、私《わたし》が感《かん》じたことを書《か》いたのよ。

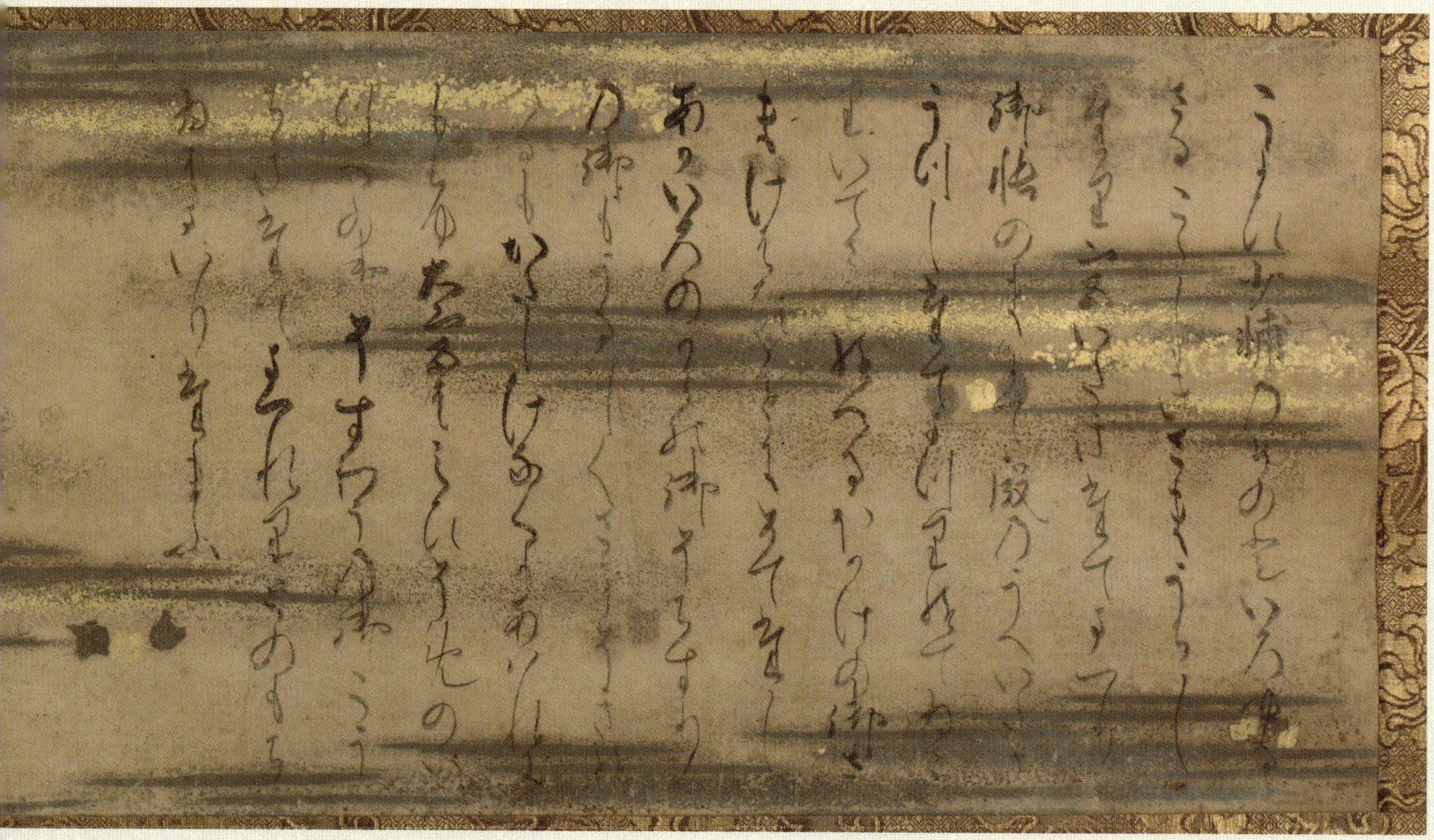

日記《にっき》の内容《ないよう》はどんなもの？

宮中《きゅうちゅう》のはなやかな生活《せいかつ》ぶりから、ライバル批評《ひひょう》まで

中宮彰子《ちゅうぐうしょうし》が一条天皇《いちじょうてんのう》の第《だい》二皇子《におうじ》・敦成親王《あつひらしんのう》（後一条天皇《ごいちじょうてんのう》）を生《う》み、ほかの妃《きさき》たちに差《さ》をつけた、幸《しあわ》せな様子《ようす》が生《い》き生《い》きと書《か》かれている。また、『源氏物語《げんじものがたり》』に対《たい》する世間《せけん》の評判《ひょうばん》や、同《おな》じ女房仲間《にょうぼうなかま》の和泉式部《いずみしきぶ》や赤染衛門《あかぞめえもん》、中宮定子《ちゅうぐうていし》の女房《にょうぼう》だった清少納言《せいしょうなごん》に向《む》けての批評《ひひょう》なども見《み》られる。

敦成親王《あつひらしんのう》が生《う》まれたとき、定子《ていし》の忘《わす》れ形見《がたみ》であり、一条天皇《いちじょうてんのう》の第一皇子《だいいちおうじ》の敦康親王《あつやすしんのう》は10歳《さい》だったが、結局天皇《けっきょくてんのう》にはなれなかった。

時《とき》の人《ひと》、藤原道長《ふじわらのみちなが》も登場《とうじょう》

中宮彰子《ちゅうぐうしょうし》の父《ちち》は、時《とき》の権力者《けんりょくしゃ》だった藤原道長《ふじわらのみちなが》。道長《みちなが》は文学《ぶんがく》を愛《あい》し、紫式部《むらさきしきぶ》や和泉式部《いずみしきぶ》などを大切《たいせつ》にした。特《とく》に『源氏物語《げんじものがたり》』の大《だい》ファンで、紫式部《むらさきしきぶ》のところにやってきては、続《つづ》きを急《いそ》がせたという。『紫式部日記《むらさきしきぶにっき》』の中《なか》でも、紫式部《むらさきしきぶ》と女郎花《おみなえし》をテーマに歌《うた》のやりとりをした様子《ようす》が書《か》かれている。

この世《よ》をば
わが世《よ》とぞ思《おも》ふ
望月《もちづき》の
かけたることも
なしと思《おも》へば

『紫式部日記《むらさきしきぶにっき》』を絵《え》でえがき、詞書《ことばがき》をそえた『紫式部日記絵巻《むらさきしきぶにっきえまき》』。　作品名：紫式部日記絵巻断簡　所蔵先：東京国立博物館　Image:TNM Image Archives

紫式部日記《むらさきしきぶにっき》

宮仕《みやづか》えの女性《じょせい》たちについて思《おも》うこと

和泉式部《いずみしきぶ》といふ《(う)》人《ひと》こそ

日記《にっき》

原文《げんぶん》を読《よ》んでみよう

和泉式部《いずみしきぶ》といふ《(う)》人《ひと》こそ、おもしろう書《か》きかは《(わ)》しける。されど、和泉《いづみ》はけしからぬかたこそあれ。うちとけて文《ふみ》はしり書《か》きたるに、そのかたの才《さい》ある人《ひと》、はかない言葉《ことば》の、にほひ《(い)》も見《み》えはべるめり。歌《うた》は、いとを《(お)》かしきこと。

～中略《ちゅうりゃく》～

清少納言《せいしょうなごん》こそ、したり顔《がお》にいみじう《(じゅう)》はべりける人《ひと》。さばかりさかしだち、真名《まな》書《か》きちらしてはべるほども、よく見《み》れば、まだいとたらぬこと多《おお》かり。かく、人《ひと》にことならむ《(ん)》と思《おも》ひ《(い)》このめる人《ひと》は、かならず見劣《みおと》りし、行末《ゆくすえ》うたてのみはべれば、艶《えん》になりぬる人《ひと》は、いとすごうすずろなるを《(お)》りも、もののあ

この場面《ばめん》のお話《はなし》

和泉式部《いずみしきぶ》という人《ひと》は、実《じつ》に気《き》のきいた恋文《こいぶみ》のやりとりをした人《ひと》といわれている。でも、和泉《いずみ》には男性関係《だんせいかんけい》で関心《かんしん》できない部分《ぶぶん》がある。ちょっと手紙《てがみ》を走《はし》り書《が》きしただけでも、文章《ぶんしょう》の才能《さいのう》があり、ちょっとした言葉《ことば》にも色気《いろけ》が感《かん》じられる。和歌《わか》も、とてもうまい。

～中略《ちゅうりゃく》～

清少納言《せいしょうなごん》こそ、自信満々《じしんまんまん》で偉《えら》そうにしていた人《ひと》。あれほど利口《りこう》ぶって、漢字《かんじ》を書《か》き散《ち》らしているが、よく見《み》れば、まだ不十分《ふじゅうぶん》なところが多《おお》い。このように、人《ひと》と自分《じぶん》はできがちがうのだと思《おも》っている人《ひと》は、かならず安《やす》っぽく見《み》られ、将来《しょうらい》は悪《わる》くなるばかりだ。上品《じょうひん》ぶって、ひどくさびしくてつまらないときでも、しみじみ感動《かんどう》しているようにふるまい、感性《かんせい》が豊《ゆた》かなふりをしていたら、いつのまにか薄《うす》っぺらな人《ひと》になる。

平安京《へいあんきょう》がほこる「四大才女《よんだいさいじょ》」

「中略《ちゅうりゃく》」部分《ぶぶん》では、後輩《こうはい》の和泉式部《いずみしきぶ》の悪《わる》い部分《ぶぶん》を書《か》き、先輩《せんぱい》で歌人《かじん》の赤染衛門《あかぞめえもん》（『栄花物語《えいがものがたり》』の作者《さくしゃ》と

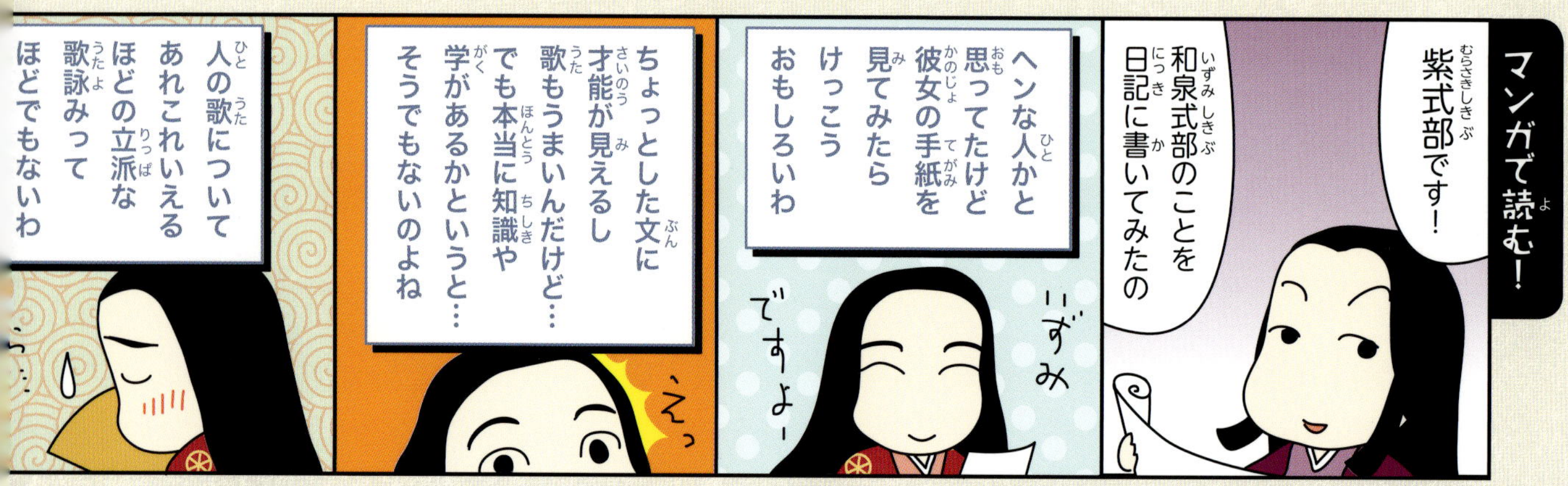
マンガで読《よ》む！
紫式部《むらさきしきぶ》です！
和泉式部《いずみしきぶ》のことを日記《にっき》に書《か》いてみたの
ヘンな人《ひと》かと思《おも》ってたけど彼女《かのじょ》の手紙《てがみ》を見《み》てみたらけっこうおもしろいわ
いずみ
ですよー
ちょっとした文《ぶん》に才能《さいのう》が見《み》えるし歌《うた》もうまいんだけど…でも本当《ほんとう》に知識《ちしき》や学《がく》があるかというと…そうでもないのよね
えっ
人《ひと》の歌《うた》についてあれこれいえるほどの立派《りっぱ》な歌詠《うたよ》みってほどでもないわ
う…

はれにすすみ、をかしきことも見すぐさぬほどに、おのづ（ず）からさるまじくあだなるさまにもなるにはべるべし。

いわれている）のことをほめている。一方、清少納言《ごん》に対《たい》しては、このあとも「そんな人《ひと》のなれのはてがどうしてよいことがあろうか」と、厳《きび》しい言葉《ことば》が続《つづ》く。

和泉式部《いずみしきぶ》、赤染衛門《あかぞめえもん》、清少納言《せいしょうなごん》、そして紫式部《むらさきしきぶ》の四人《にん》は、まさに平安時代《へいあんじだい》の「四大才女《よんだいさいじょ》」だった。

ライバル！清少納言《せいしょうなごん》

清少納言《せいしょうなごん》が仕《つか》える定子《ていし》は、紫式部《むらさきしきぶ》が仕《つか》える彰子《しょうし》と同《おな》じく、一条天皇《いちじょうてんのう》の妃《きさき》。どちらが次《つぎ》の天皇《てんのう》の母《はは》になれるか競《きそ》いあう関係《かんけい》だった。清少納言《せいしょうなごん》が宮仕《みやづか》え▼11ページをやめて十年近《ねんちか》くたって書《か》かれた文章《ぶんしょう》だが、この激《はげ》しさは清少納言《せいしょうなごん》を特《とく》にライバル視《し》していたことを示《しめ》す。
清少納言《せいしょうなごん》
彰子《しょうし》のライバルである定子《ていし》に宮仕《みやづか》えをしていた。

あなたには負《ま》けられないわ！ そんな偉《えら》そうな態度《たいど》じゃ、この先《さき》ロクなことにならないでしょうね。

紫式部《むらさきしきぶ》

定子派《ていしは》
対立《たいりつ》
彰子派《しょうしは》

尊敬《そんけい》しあえる仲間《なかま》 和泉式部《いずみしきぶ》と赤染衛門《あかぞめえもん》

和泉式部《いずみしきぶ》と赤染衛門《あかぞめえもん》は、同《おな》じ彰子《しょうし》に仕《つか》える女房仲間《にょうぼうなかま》。気《き》になる部分《ぶぶん》もなくはなかったようだが、二人《ふたり》の文章《ぶんしょう》や和歌《わか》の才能《さいのう》は素直《すなお》にほめている。清少納言《せいしょうなごん》を文才《ぶんさい》から人格《じんかく》までけなしているのとは対照的《たいしょうてき》だ。
和泉式部《いずみしきぶ》
宮仕《みやづか》えで、紫式部《むらさきしきぶ》の後輩《こうはい》。

とても文才《ぶんさい》があるわね。でも、和歌《わか》の知識《ちしき》が足《た》りないのが残念《ざんねん》。感性《かんせい》のまま詠《よ》んだ歌《うた》もいいけれど、勉強《べんきょう》も大事《だいじ》よ。

赤染衛門《あかぞめえもん》
宮仕《みやづか》えで、紫式部《むらさきしきぶ》の先輩《せんぱい》。

とても尊敬《そんけい》しています。むやみに詠《よ》み散《ち》らかすことをせず、その時々《ときどき》にぴったりあった歌《うた》を詠《よ》まれるのは立派《りっぱ》です。

書《か》いてやるわ！
アタシ？！
偉《えら》そうだし！
利口《りこう》ぶって
難《むずか》しい字《じ》や
言葉《ことば》を使《つか》うけど
まちがったりしてるし！
ムカッ
私《わたし》は人《ひと》とはちがうのよってつまんないことにしみじみしてみせたり！
なんでおって
こんな人《ひと》はロクな未来《みらい》がないと思《おも》うの！
きっひっひ

用語解説《ようごかいせつ》
＊書《か》きかはしける……手紙《てがみ》のやりとりをしたといわれている。　＊にほひ……つややかな美《うつく》しさ。　＊したり顔《がお》……利口《りこう》そうにしている様子《ようす》。　＊真名《まな》……仮名《かな》に対《たい》して漢字《かんじ》のことをいう。
＊艶《えん》になりぬる人《ひと》……上品《じょうひん》ぶった人《ひと》。　＊すずろなるをり……つまらないとき。　＊さるまじくあだなるさま……常識《じょうしき》はずれでうわついている様子《ようす》。常識《じょうしき》はずれでうすっぺらいさま。

これも読《よ》んでおきたい！

平安時代《へいあんじだい》の名作《めいさく》②

『和泉式部日記《いずみしきぶにっき》』

四大才女《よんだいさいじょ》▶38ページの中《なか》でも恋多《こいおお》き女性《じょせい》として知《し》られる、和泉式部《いずみしきぶ》の日記《にっき》です。
歌人《かじん》として有名《ゆうめい》な彼女《かのじょ》らしく、数々《かずかず》の和歌《わか》をおりこんで、敦道親王《あつみちしんのう》との恋愛《れんあい》をつづりました。

平安時代《へいあんじだい》の中《なか》ごろ（一〇〇九年《ねん》ごろ）に、和泉式部《いずみしきぶ》によって書《か》かれた日記《にっき》といわれている。

和泉式部《いずみしきぶ》が冷泉天皇《れいぜいてんのう》の第《だい》四皇子《おうじ》である敦道親王《あつみちしんのう》と知《し》りあってから、親王《しんのう》と愛《あい》を深《ふか》め、やがて親王《しんのう》のもとに迎《むか》え入《い》れられるまでを、物語風《ものがたりふう》に記《しる》してある。

和泉式部《いずみしきぶ》と敦道親王《あつみちしんのう》は、日記《にっき》の中《なか》で一四〇首《しゅ》以上《いじょう》の和歌《わか》を贈《おく》りあっている。これらの和歌《わか》から、二人《ふたり》の心《こころ》の動《うご》きや、深《ふか》まっていく愛《あい》の様子《ようす》がわかる。

また、この愛《あい》が結《むす》ばれるまでには、身分《みぶん》のちがいのために二人《ふたり》の距離《きょり》が開《ひら》いてしまいそうになったり、敦《あつ》道親王《みちしんのう》の妻《つま》である北《きた》の方《かた》に激怒《げきど》されたりと、簡単《かんたん》にはいかないドラマがあった。そうした危機《きき》や波乱《はらん》が、このラブストーリーをいっそう読《よ》みごたえのあるものにしている。

京都府京都市《きょうとふきょうとし》にある誠心院《せいしんいん》に伝《つた》わる『和泉式部縁起絵巻《いずみしきぶえんぎえまき》』の一部《いちぶ》。女官二人《にょかんふたり》と連《つ》れ立《だ》って、旅立《たびだ》つ和泉式部《いずみしきぶ》がえがかれている。和泉式部《いずみしきぶ》は、誠心院《せいしんいん》の初代住職《しょだいじゅうしょく》といわれている。

作品名：和泉式部縁起絵巻　所蔵先：誠心院

用語解説《ようごかいせつ》　＊親王《しんのう》……皇族男子《こうぞくだんし》の身分《みぶん》の一つ。時代《じだい》によって親王《しんのう》とよばれる人《ひと》がかわる。　＊北《きた》の方《かた》……身分《みぶん》の高《たか》い人《ひと》の妻《つま》（正妻《せいさい》）のこと。

和泉式部《いずみしきぶ》はスキャンダル女王《じょおう》!?

和泉式部《いずみしきぶ》は、平安時代《へいあんじだい》の歌人《かじん》で、恋多《こいおお》き女性《じょせい》。父《ちち》は大江雅致《おおえのまさむね》、母《はは》は平保衡女《たいらのやすひらのむすめ》。若《わか》くして冷泉天皇《れいぜいてんのう》の妃《きさき》の昌子《しょうし》に仕《つか》える。二十歳《はたち》ごろに和泉守橘道貞《いずみのかみたちばなのみちさだ》と結《けっ》婚《こん》したが、為尊親王《ためたかしんのう》を愛《あい》してしまい離婚《りこん》。為尊親王《ためたかしんのう》の死後《しご》、為尊親王《ためたかしんのう》の弟《おとうと》の敦道親王《あつみちしんのう》と愛《あい》しあう。敦道《あつみち》親王《しんのう》の死後《しご》は、中宮彰子《ちゅうぐうしょうし》に仕《つか》えた。その後《ご》、藤原保昌《ふじわらのやすまさ》と再婚《さいこん》。

娘《むすめ》に、歌人《かじん》で有名《ゆうめい》な小式部内侍《こしきぶのないし》がいる。

敦道親王《あつみちしんのう》にアタックされて、つきあうことになったんだけど、彼《かれ》には奥《おく》さんがいて、奥《おく》さんが怒《おこ》って家《いえ》を出《で》て行《い》っちゃったの。

登場人物相関図

和泉式部《いずみしきぶ》の自由《じゆう》すぎる恋愛《れんあい》は、当時《とうじ》の宮中《きゅうちゅう》でも話題《わだい》になるほど。あの藤原道長《ふじわらのみちなが》までもが、彼女《かのじょ》のことを「うかれ女《め》」とからかったと伝《つた》えられています。

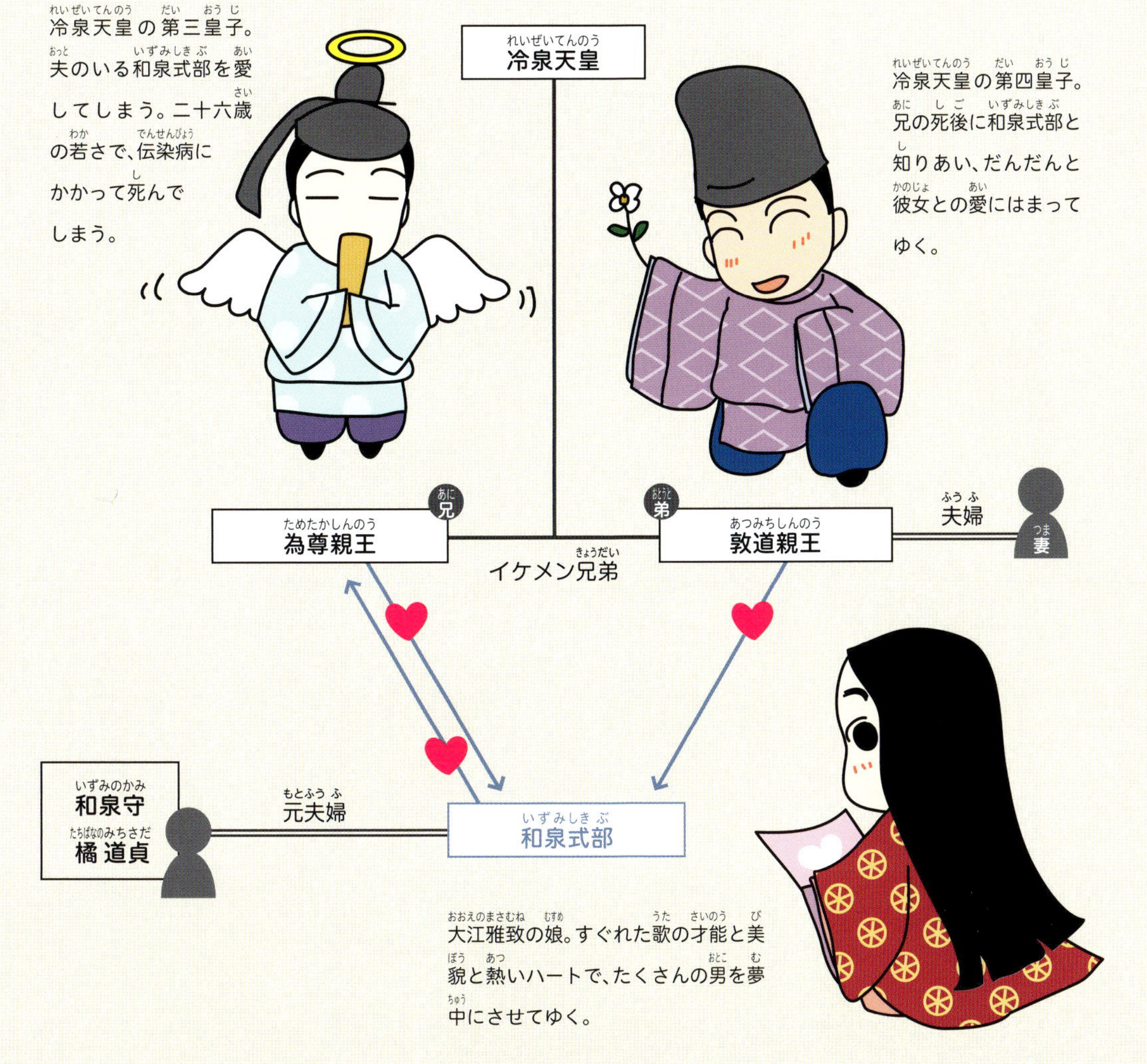
冷泉天皇《れいぜいてんのう》
冷泉天皇《れいぜいてんのう》の第《だい》三皇子《おうじ》。夫《おっと》のいる和泉式部《いずみしきぶ》を愛《あい》してしまう。二十六歳《さい》の若《わか》さで、伝染病《でんせんびょう》にかかって死《し》んでしまう。
冷泉天皇《れいぜいてんのう》の第《だい》四皇子《おうじ》。兄《あに》の死後《しご》に和泉式部《いずみしきぶ》と知《し》りあい、だんだんと彼女《かのじょ》との愛《あい》にはまってゆく。
兄《あに》
為尊親王《ためたかしんのう》
イケメン兄弟《きょうだい》
弟《おとうと》
敦道親王《あつみちしんのう》
夫婦《ふうふ》
妻《つま》
和泉守《いずみのかみ》
橘道貞《たちばなのみちさだ》
元夫婦《もとふうふ》
和泉式部《いずみしきぶ》
大江雅致《おおえのまさむね》の娘《むすめ》。すぐれた歌《うた》の才能《さいのう》と美貌《びぼう》と熱《あつ》いハートで、たくさんの男《おとこ》を夢中《むちゅう》にさせてゆく。

和泉式部日記《いずみしきぶにっき》

新《あら》たな恋《こい》のはじまり……?

四月十余日《うづきとおよひ》

―橘《たちばな》の花《はな》をとり出《い》でたれば―

日記《にっき》

原文《げんぶん》を読《よ》んでみよう

橘《たちばな》の花《はな》をとり出《い》でたれば、「昔《むかし》の人《ひと》の」と言《い》は(わ)れて、「さらば参《まい》りなむ(ん)。いかが聞《き》こえさすべき」と言《い》へ(え)ば、ことばにて聞《き》こえさせむ(ん)もかたはらいたくて、「なにかは、あだあだしくもまだ聞《き》こえたまは(わ)ぬを、はかなきことをも」と思《おも》ひ(い)て、

薫《かお》る香《か》によそふ(う)るよりはほととぎす
聞《き》かばやおなじ声《こえ》やしたると

と聞《き》こえさせたり。

まだ端《はし》におは(わ)しましけるに、この童《わらわ》かくれのかたに気色《けしき》ばみけるけは(わ)ひ(い)を、御覧《ごらん》じつけて、「いかに」と問《と》は(わ)せたまふ(う)に、御文《おんふみ》をさし出《い》でたれば、御《ご》覧《らん》じて、

このお話《はなし》のはじまりは……

恋人《こいびと》の為尊親王《ためたかしんのう》を亡《な》くして悲《かな》しむ和泉式《いずみしき》部《ぶ》のもとに、為尊親王《ためたかしんのう》に仕《つか》えていた少年《しょうねん》が久《ひさ》しぶりに訪《たず》ねてきた。少年《しょうねん》は、今《いま》は為尊親《ためたかしん》王《のう》の弟《おとうと》の敦道親王《あつみちしんのう》に仕《つか》えていること、そして彼《かれ》から和泉式部《いずみしきぶ》に見《み》せたい「あるもの」をあずかってきたことを話《はな》した。

この場面《ばめん》のお話《はなし》

少年《しょうねん》が橘《たちばな》の花《はな》をとりだして見《み》せたので、私《わたし》は「昔《むかし》の人《ひと》の……」と思《おも》わずつぶやいた。少年《しょうねん》は「それでは、私《わたくし》は敦道親王《あつみちしんのう》のところに帰《かえ》りますが、あなたのお返事《へんじ》はどのように伝《つた》えればよいでしょうか」という。口《くち》づてでは申《もう》し訳《わけ》ないし、「なあに、敦道親王《あつみちしんのう》は浮気男《うわきおとこ》だといううわさもないから、和歌《わか》ぐらい送《おく》ってもいいだろう」と思《おも》い、このような歌《うた》を詠《よ》んだ。

〝懐《なつ》かしい人《ひと》の香《かお》りがするという橘《たちばな》の花《はな》で、為尊親王《ためたかしんのう》のことを思《おも》いださせるより、敦道親《あつみちしん》王《のう》ご自身《じしん》の声《こえ》を聞《き》かせてほしいものです。お兄様《にいさま》の為尊親王《ためたかしんのう》と、同《おな》じ声《こえ》をしているのでしょうか。〟

マンガで読《よ》む!

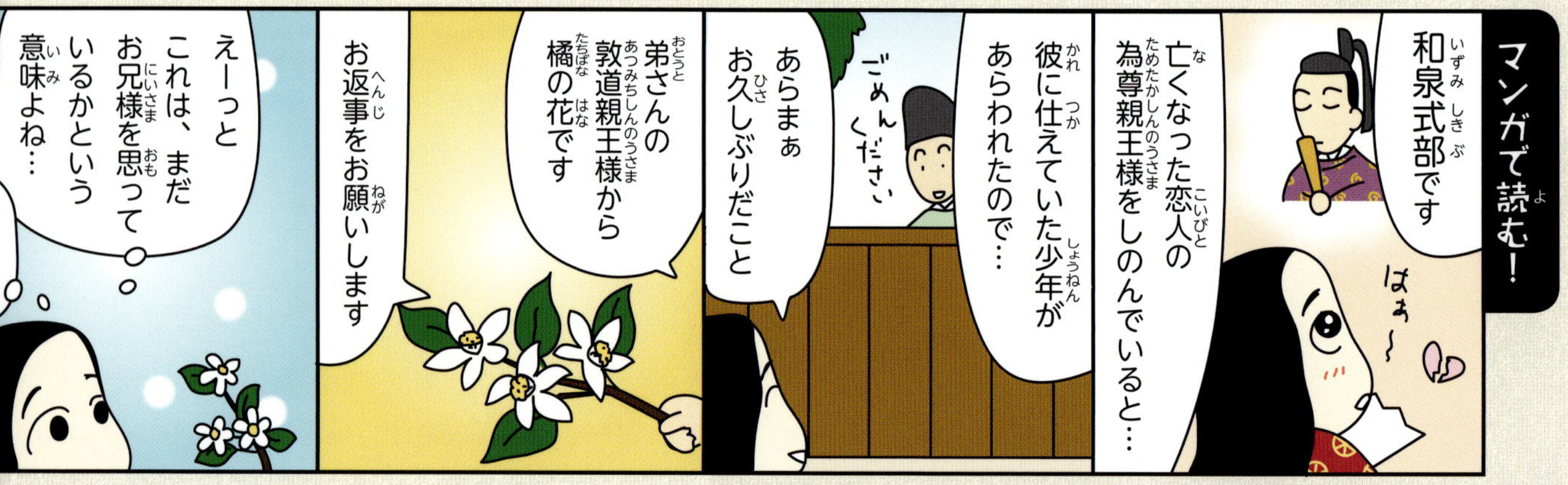
和泉式部《いずみしきぶ》です
はぁ~
亡《な》くなった恋人《こいびと》の為尊親王様《ためたかしんのうさま》をしのんでいると…
彼《かれ》に仕《つか》えていた少年《しょうねん》があらわれたので…
ごめんください
あらまぁお久《ひさ》しぶりだこと
弟《おとうと》さんの敦道親王様《あつみちしんのうさま》から橘《たちばな》の花《はな》です
お返事《へんじ》をお願《ねが》いします
えーっとこれは、まだお兄様《にいさま》を思《おも》っているかという意味《いみ》よね…

おなじ枝に鳴きつつをりしほととぎす
声《こえ》は変《か(わ)》はらぬものと知《し》らずや

と書《か》かせたまひ《(い)》て、賜《たま》ふ《(う)》とて、「かかること、ゆめ人《ひと》に言《い》ふ《(う)》な。すきがましきや《(よ)》うなり」とて、入《い》らせたまひ《(い)》ぬ。

敦道親王はまだ縁側にいて、この少年が物陰のほうで合図《あいず》するのを見《み》つけ、「どうだったか」とおたずねになった。少年《しょうねん》が和泉式部《いずみしきぶ》の歌《うた》を差《さ》しだすと、敦道親王《あつみちしんのう》はご覧《らん》になって、こんなふうに返事《へんじ》の歌《うた》を詠《よ》まれた。

〝私《わたし》と兄《あに》は同《おな》じ枝《えだ》で鳴《な》いていたホトトギスです。二人《ふたり》の声《こえ》はかわらないとおわかりいただけませんか。〟

それを少年《しょうねん》に渡《わた》して、「このことは絶対《ぜったい》、他人《たにん》にいってはいけないよ。浮気者《うわきもの》と思《おも》われるから」といい、建物《たてもの》の奥《おく》にお入《はい》りになった。

「昔《むかし》の人《ひと》の……」ってどういうこと？

「五月《さつき》まつ花橘《はなたちばな》の香《か》をかげば昔《むかし》の人《ひと》の袖《そで》の香《か》ぞする（橘《たちばな》の花《はな》の香《かお》りをかぐと、懐《なつ》かしい人《ひと》の袖《そで》の匂《にお》いを思《おも》い出《だ》す）」という有名《ゆうめい》な古《ふる》い歌《うた》がある。二人《ふたり》ともこの歌《うた》を知《し》っていたので、橘《たちばな》の花《はな》だけで気持《きも》ちが伝《つた》わった。

「橘《たちばな》の花《はな》」ってどんな花《はな》？

春《はる》から初夏《しょか》にかけて咲《さ》く、白《しろ》い星形《ほしがた》の花《はな》で、甘《あま》いみかんのような匂《にお》いがただよう。平安京《へいあんきょう》では紫宸《ししん》殿《でん》の西《にし》に植《う》えられ、「右近《うこん》の橘《たちばな》」として親《した》しまれた。

二人《ふたり》の関係《かんけい》は、このあとどうなるの？

歌《うた》のやりとりを重《かさ》ねるうちに、二人《ふたり》の気持《きも》ちは盛《も》り上《あ》がってゆき、やがてつきあうことに。天皇《てんのう》の息子《むすこ》と中流貴族《ちゅうりゅうきぞく》の娘《むすめ》という、身分《みぶん》のちがいも恋愛《れんあい》を盛《も》り上《あ》げた。

用語解説《ようごかいせつ》

＊かたはらいたくて……気《き》が引《ひ》けて。 ＊あだあだしくも……恋多《こいおお》き遊《あそ》び人《にん》とも。浮気性《うわきしょう》とも。 ＊はかなきことをも……ちょっとした歌《うた》を送《おく》ってもいいだろう。

＊気色《けしき》ばみ……意味《いみ》ありげな。様子《ようす》ありげにしたそぶり。 ＊ゆめ～な……決《けっ》して～してはいけない。 ＊すきがましき……色事好《いろごとず》き。恋多《こいおお》き人《ひと》。

恋人《こいびと》もいないし…
歌《うた》くらい、いいか
お兄様《にいさま》と声《こえ》は
似《に》てますか、っと
サラサラ
どうだった？
ヒョイ
あ、敦道親王様《あつみちしんのうさま》
これが
お返事《へんじ》です
兄《あに》と声《こえ》が似《に》てるか？
似《に》てればOK《オーケー》？
えへへ
同《おな》じ枝《えだ》の
ホトトギスみたいに
似《に》てますよっと
これは人《ひと》には
いうなよ
なんか
プレイボーイ
みたいだし

『更級日記《さらしなにっき》』

日記《にっき》といってもこまめに書《か》きためたものではなく、年老《としお》いてから人生《じんせい》をふり返《かえ》って書《か》いた作品《さくひん》です。一人《ひとり》の女性《じょせい》が歩《あゆ》んだ、年月《ねんげつ》の重《おも》みが感《かん》じられる構成《こうせい》になっています。

平安時代《へいあんじだい》の中《なか》ごろ（一〇六〇年《ねん》ごろ）に、菅原孝標女《すがわらのたかすえのむすめ》がつづった日記《にっき》。

自身《じしん》の十三歳《さい》から五十三歳《さい》までの約《やく》四〇年間《ねんかん》の人生《じんせい》をふり返《かえ》って書《か》いてある。少女時代《しょうじょじだい》の作者《さくしゃ》は、『源氏物語《げんじものがたり》』に感動《かんどう》し、読書《どくしょ》に夢中《むちゅう》になる文学《ぶんがく》少女《しょうじょ》。物語《ものがたり》の世界《せかい》にのめりこみ、ワクワクする気持《きも》ちが文章《ぶんしょう》を通《つう》じてイキイキと伝《つた》わってくる。物語《ものがたり》に夢中《むちゅう》になるあまり「お勉強《べんきょう》なんてする気《き》になれない」と思《おも》ったり、「いつか私《わたし》も物語《ものがたり》に出《で》てくるような美女《びじょ》になれるはず」と夢見《ゆめみ》たりと、現代《げんだい》の少年少女《しょうねんしょうじょ》とかわらないようなことを一〇〇〇年前《ねんまえ》の彼女《かのじょ》が考《かんが》えているのはおもしろい。

だが、大人《おとな》になるにつれて厳《きび》しい現実《げんじつ》を経験《けいけん》するうちに、人生《じんせい》のわびしさを感《かん》じるようになっていく。日記《にっき》の後半《こうはん》は、前半《ぜんはん》とは対照的《たいしょうてき》にもの悲《かな》しい感《かん》じがする。

作品名：石山寺縁起絵巻　所蔵先：石山寺

菅原孝標女《すがわらのたかすえのむすめ》が石山寺《いしやまでら》に参詣《さんけい》するとちゅう、逢坂《おうさか》の関《せき》にさしかかった場面《ばめん》がえがかれた『石山寺縁起絵巻《いしやまでらえんぎえまき》』。

文学一族《ぶんがくいちぞく》に生《う》まれた菅原孝標女《すがわらのたかすえのむすめ》

菅原孝標女《すがわらのたかすえのむすめ》は、平安時代《へいあんじだい》の中《なか》ごろの人《ひと》。ほかに『夜《よる》の寝覚《ねざめ》』『浜松中納言物語《はままつちゅうなごんものがたり》』などの物語作品《ものがたりさくひん》も書《か》き残《のこ》したといわれている。

菅原孝標女《すがわらのたかすえのむすめ》という名《な》は、父《ちち》が菅原孝標《すがわらのたかすえ》で、その娘《むすめ》という意味《いみ》。本名《ほんみょう》や宮中《きゅうちゅう》での名前《なまえ》は伝《つた》わっていない。菅原家《すがわらけ》は学者《がくしゃ》の家系《かけい》で、先祖《せんぞ》は〝学問《がくもん》の神様《かみさま》〟の菅原《すがわらの》道真《みちざね》。菅原孝標女《すがわらのたかすえのむすめ》のおばは、藤原道長《ふじわらのみちなが》の父《ちち》である兼家《かねいえ》の妻《つま》で、『蜻蛉日記《かげろうにっき》』を書《か》いた藤原道綱母《ふじわらのみちつなのはは》。

平安時代《へいあんじだい》の女性《じょせい》は、本名《ほんみょう》でよばれないのがふつう。私《わたし》もおばも本名《ほんみょう》が伝《つた》わらなかったので、父《ちち》や息子《むすこ》の名前《なまえ》に「女《むすめ》」「母《はは》」などの関係《かんけい》をあらわす言葉《ことば》を足《た》して、のちの人々《ひとびと》によばれたの。

▼48ページ

平安時代《へいあんじだい》の本《ほん》はどうやってつくられていたの？

この時代《じだい》、紙《かみ》は大変《たいへん》な貴重品《きちょうひん》で、印刷《いんさつ》の技術《ぎじゅつ》も未発達《みはったつ》だった。そのため、文学《ぶんがく》の本《ほん》はだれかが手書《てが》きで一文字一文字《ひともじひともじ》を書《か》き写《うつ》していた。人気《にんき》の本《ほん》でもたくさんはつくれないため、とても貴重《きちょう》だった。

このお話《はなし》の中《なか》には、箱入《はこい》りの『源氏物語《げんじものがたり》』五十四巻《かん》をもらった様子《ようす》がえがかれており、まさにビッグプレゼントだったことがわかる。

更級日記《さらしなにっき》

大好《だいす》きな『源氏物語《げんじものがたり》』に囲《かこ》まれた幸《しあわ》せ

その春《はる》、世《よ》の中《なか》いみじう騒《さわ》がしうて

―はしるはしるわづ《(ず)》かに見《み》つつ―

日記《にっき》

原文《げんぶん》を読《よ》んでみよう

はしるはしるわづ《(ず)》かに見《み》つつ、心《こころ》も得《え》ず心《こころ》もとなく思《おも》ふ《(う)》源氏《げんじ》を、一《いち》の巻《まき》よりして、人《ひと》もまじらず、几帳《きちょう》のうちにうち臥《ふ》して引《ひ》き出《い》でつつ見《み》る心地《ここち》、后《きさき》の位《くらい》も何《なに》にかは《(わ)》せむ《(ん)》。昼《ひる》は日《ひ》ぐらし、夜《よる》は目《め》のさめたるかぎり、灯《ひ》を近《ちか》くともして、これを見《み》るよりほかのことなければ、おのづ《(ず)》からなどは、そらにおぼえ浮《う》かぶを、いみじきことに思《おも》ふ《(う)》に、夢《ゆめ》にいと清《きよ》げなる僧《そう》の、黄《き》なる地《じ》の袈裟《けさ》着《き》たるが来《き》て、「法華経《ほけきょう》五《ご》の巻《まき》をとく習《なら》へ《(え)》」といふ《(う)》と見《み》れど、人《ひと》にも語《かた》らず、習《なら》は《(わ)》む《(ん)》とも思《おも》ひ《(い)》かけず。物語《ものがたり》のことをのみ心《こころ》にしめて、われはこの

このお話《はなし》のはじまりは……

流行病《はやりやまい》で乳母《めのと》や姫君《ひめぎみ》が亡《な》くなったことを知《し》ってふさぎこむ私《わたし》に、母《はは》はいろいろな物語《ものがたり》の本《ほん》を与《あた》えてくれた。読《よ》むと心《こころ》がいやされるが、「物語《ものがたり》を通《とお》して読《よ》む」という夢《ゆめ》はなかなか叶《かな》わない。そんなある日《ひ》、上京《じょうきょう》してきたおばから、『源氏物語《げんじものがたり》』全巻《ぜんかん》をはじめとする大量《たいりょう》の本《ほん》を箱《はこ》ごともらい受《う》けた。

この場面《ばめん》のお話《はなし》

今《いま》までとびとびに読《よ》んでいて話《はなし》の筋《すじ》がわからなかった源氏物語《げんじものがたり》を、一巻《かん》から、だれにもじゃまされず、部屋《へや》で横《よこ》になって一冊《さつ》ずつとりだしながら読《よ》む楽《たの》しさに比《くら》べたら、妃《きさき》になることなどどうでもいいくらいだ。昼《ひる》は一日中《いちにちじゅう》、夜《よる》は目《め》が覚《さ》めているかぎり、明《あ》かりを近《ちか》づけてこの『源氏物語《げんじものがたり》』を読《よ》むことしかしなかったので、自然《しぜん》と暗記《あんき》してしまった。すばらしいことだと思《おも》っていると、夢《ゆめ》に黄色《きいろ》い着物《きもの》の美《うつく》しい僧《そう》が出《で》てきて、「法華経《ほけきょう》五《ご》の巻《まき》をはやく勉強《べんきょう》しなさい」という。だが、夢《ゆめ》のことはだれにも話《はな》さ

ごろわろきぞかし、さかりにならば、かたちもかぎりなくよく、髪《かみ》もいみじく長《なが》くなりなむ《(ん)》。光《ひかる》の源氏《げんじ》の夕顔《ゆうがお》、宇《う》治《じ》の大将《たいしょう》の浮舟《うきふね》の女君《おんなぎみ》のやう《(よ)》もこそあらめと思《おも》ひ《(い)》ける心《こころ》、まづ《(ず)》いとはかなくあさまし。

なかったし、法華経を習おうとも思わなかった。ただ、『源氏物語《げんじものがたり》』のことだけで心《こころ》がいっぱいで、「私《わたし》は今《いま》はかわいくないけれど、年《とし》ごろになれば、きっと見《み》た目《め》も美しく、髪《かみ》も長《なが》くなるだろう。光源氏《ひかるげんじ》の恋人《こいびと》の夕顔《ゆうがお》や、宇治《うじ》の大将《たいしょう》（薫《かおる》 ▼67ページ）に愛《あい》された浮舟《うきふね》の姫君《ひめぎみ》のようになるにちがいない」と思《おも》っていた。今思《いまおも》うと、たわいなさにあきれてしまう。

本《ほん》を読《よ》む幸《しあわ》せは何《なに》ものにもかえがたかったの。

なぜ法華経《ほけきょう》五《ご》の巻《まき》を勉強《べんきょう》しないといけないのか？

仏教《ぶっきょう》では女性《じょせい》は成仏《じょうぶつ》できないとされている。だが、法華経五《ほけきょうご》の巻《まき》だけは女性《じょせい》も成仏《じょうぶつ》ができると書《か》かれてある。そのためこの時代《じだい》の女性《じょせい》は、五《ご》の巻《まき》を熱心《ねっしん》に読《よ》むようにとされていた。

平安時代《へいあんじだい》の美人《びじん》ってどんな人《ひと》？

色白《いろじろ》でほほがふっくらとし、切《き》れ長《なが》の目《め》で、長《なが》い黒髪《くろかみ》の女性《じょせい》が美人《びじん》とされた。また、体《からだ》からよい香《かお》りがすることや、和歌《わか》がじょうずなことも、大事《だいじ》なポイントだった。『源氏物語《げんじものがたり》』に出《で》てくる夕顔《ゆうがお》や浮舟《うきふね》（▼67ページ）も、そんな美人《びじん》として書《か》かれている。

用語解説《ようごかいせつ》

*はしるはしる……大急《おおいそ》ぎで。 *心《こころ》もとなく……じれったく思《おも》う。 *几帳《きちょう》……▼25ページ *そらに……暗記《あんき》して。 *いみじき……すばらしい。はなはだしい。

*かたち……容姿《ようし》。見《み》た目《め》。 *まづいとはかなくあさまし……たわいのない、あきれはてたもの。ここでは、執筆中《しっぴつちゅう》である晩年《ばんねん》の菅原孝標女《すがわらのたかすえのむすめ》の感想《かんそう》が書《か》かれている。

読《よ》んだわ！
昼《ひる》も夜《よる》も！暗記《あんき》するくらい！
お経《きょう》を勉強《べんきょう》しなさい
お坊《ぼう》さんの夢《ゆめ》とか見《み》たけど、そんなの関係《かんけい》ないわ！
ポイ
私《わたし》はまだ子《こ》どもだけど、いつの日《ひ》か美人《びじん》になってロマンスが…
…なーんてことを妄想《もうそう》してたの…
オホホ
今思《いまおも》うと、ちょっとおバカよね…

コラム 2

清少納言《せいしょうなごん》と紫式部《むらさきしきぶ》は本名《ほんみょう》？

清少納言《せいしょうなごん》や紫式部《むらさきしきぶ》という名前《なまえ》は、宮中《きゅうちゅう》やのちにつけられた仮《かり》のもの。彼女《かのじょ》たちの本名《ほんみょう》はわかっていない。当時《とうじ》の女性《じょせい》の名前《なまえ》は、妃《きさき》や位《くらい》の高《たか》い女官《にょかん》など一部《いちぶ》の人以外《ひといがい》、記録《きろく》に残《のこ》っていないからだ。

よび名《な》は父親《ちちおや》の仕事《しごと》で決《き》まる!?

清少納言《せいしょうなごん》や紫式部《むらさきしきぶ》という名前《なまえ》は、宮中《きゅうちゅう》でつけられたもの。清少納言《せいしょうなごん》は、父《ちち》の姓《せい》である清原《きよはら》の「清《せい》」と、役職《やくしょく》の「少納言《しょうなごん》」に由来《ゆらい》する。紫式部《むらさきしきぶ》は、もともと宮中《きゅうちゅう》で働《はたら》いていたときは「藤式部《とうしきぶ》」とよばれていた。これも父《ちち》の姓《せい》である藤原《ふじわら》の「藤《ふじ》」と、父《ちち》の役職《やくしょく》「式部丞《しきぶのじょう》」▼14ページからつけられた。紫式部《むらさきしきぶ》とよばれるようになったのは、ニックネームのようなもの。彼女《かのじょ》が書《か》いた『源氏物語《げんじものがたり》』のヒロイン「紫上《むらさきのうえ》」にちなんでつけられたようだ。

このように、当時《とうじ》の女性《じょせい》の名前《なまえ》は、父《ちち》や夫《おっと》の姓《せい》、本人《ほんにん》や身近《みぢか》な人物《じんぶつ》の役職《やくしょく》などからつけられることが多《おお》かった。

私《わたし》の身近《みぢか》な人《ひと》には少納言《しょうなごん》になった人《ひと》がいないのに清少《せいしょう》納言《なごん》とよばれて、ちょっとしたミステリーなのよ。

どうして女性《じょせい》の名前《なまえ》は残《のこ》っていないの？

平安時代《へいあんじだい》の女性《じょせい》たちは、ふだんの生活《せいかつ》において本名《ほんみょう》でよばれることはほとんどなく、系図《けいず》でもただ「女《むすめ》」と書《か》かれることが多《おお》い。『蜻蛉日記《かげろうにっき》』を書《か》いた藤原道綱母《ふじわらのみちつなのはは》や、『更級日記《さらしなにっき》』を書《か》いた菅原孝標女《すがわらのたかすえのむすめ》▼45ページなども宮仕《みやづか》え▼11ページに出《で》ず宮中《きゅうちゅう》の名前《なまえ》をもたなかったか、出《で》てもその名前《なまえ》が伝《つた》わらなかったのである。

当時《とうじ》は、男性中心《だんせいちゅうしん》の世《よ》の中《なか》であったため、文書《ぶんしょ》などに出《で》てくるのはほとんどが男性《だんせい》。女性《じょせい》はよほど身分《みぶん》や位《くらい》が高《たか》くないと、名前《なまえ》が記録《きろく》に残《のこ》されることはなかった。

源《げん》氏《じ》物語《ものがたり》の世界《せかい》へ

物語《ものがたり》のはじまり

まるで本当《ほんとう》にあったことが書《か》かれているかのようにはじまる『源氏物語《げんじものがたり》』。物語《ものがたり》は、主人公《しゅじんこう》である光源氏《ひかるげんじ》の母《はは》の話《はなし》からはじまります。

いづ《（ず）》れの御時《おおんとき》にか、女御《にょうご》、更衣《こうい》あまたさぶらひ《（い）》たまひ《（い）》ける中《なか》に、いとやむ《（ん）》ごとなき際《きわ》にはあらぬが、すぐれて時《とき》めきたまふ《（う）》ありけり。

作品名：源氏物語絵色紙帖 若紫　写真提供：京都国立博物館

夕暮《ゆうぐ》れどき、光源氏《ひかるげんじ》が垣根《かきね》のすき間《ま》から家《いえ》の中《なか》をのぞいている ▶56ページ 様子《ようす》がえがかれている。

『源氏物語《げんじものがたり》』を絵《え》であらわした絵巻物《えまきもの》『源氏物語絵巻《げんじものがたりえまき》』にはさまざまな場面《ばめん》がえがかれている。

ポイント

『源氏物語《げんじものがたり》』以前《いぜん》の物語《ものがたり》は伝説《でんせつ》をもとに書《か》かれた、現実離《げんじつばな》れしたものが多《おお》かったわ。『源氏物語《げんじものがたり》』はもちろん空想《くうそう》の世界《せかい》のお話《はなし》だけれど、宮中《きゅうちゅう》で本当《ほんとう》にあったかもしれないようなできごとを書《か》いているのよ。物語《ものがたり》のはじめに「いづれの御《おおん》時《とき》にか」と書《か》いたのもそのためなの。『源氏物語《げんじものがたり》』は今《いま》も世界中《せかいじゅう》の人々《ひとびと》に読《よ》まれているのよ。

用語解説《ようごかいせつ》
＊いづれの御時《おおんとき》にか……どの時代《じだい》の帝《みかど》だったか。
＊女御《にょうご》、更衣《こうい》…… ▶55ページ

『源氏物語』ってどんなお話？

平安時代《へいあんじだい》の中期《ちゅうき》に、紫式部《むらさきしきぶ》によって書《か》かれた物語《ものがたり》。数十年間《すうねんかん》にわたる男女《だんじょ》の人間《にんげん》ドラマがくり広《ひろ》げられるこの作品《さくひん》は、「世界最古《せかいさいこ》の長編恋愛小説《ちょうへんれんあいしょうせつ》」として、世界中《せかいじゅう》で読《よ》まれています。

源氏物語《げんじものがたり》ができるまで
紫式部《むらさきしきぶ》です
どうして私《わたし》が源氏物語《げんじものがたり》を書《か》いたのか、いきさつを説明《せつめい》します
もともと読書《どくしょ》や勉強《べんきょう》が好《す》きな子《こ》どもだったわ
国破山河在《くにやぶれてさんがあり》
城春草木深《しろはるにしてそうもくふかし》
お父様《とうさま》の本《ほん》を読《よ》んだりしてたの
漢字《かんじ》ばっかりの本《ほん》
その後《ご》、父《ちち》といっしょに田舎《いなか》に行《い》き
毎日《まいにち》、本《ほん》を読《よ》んだりしてたのよ
京《きょう》に帰《かえ》り結婚《けっこん》して娘《むすめ》が生《う》まれたんだけど、
夫《おっと》が病気《びょうき》で亡《な》くなってしまったの
はぁ…
なかなかウツから抜《ぬ》けられなくて
はぁ～
テンション低《ひく》～
そうだわ！自分《じぶん》で本《ほん》を書《か》いてみよう！
自分《じぶん》の好《この》みにあった本《ほん》を書《か》けば落《お》ちこんだ気分《きぶん》も上向《うわむ》くわ！
ムクッ
ナイスわたし！
はなやかな宮中《きゅうちゅう》を書《か》きたいわ！
それで主人公《しゅじんこう》は…超血筋《ちょうちすじ》のよい超《ちょう》イケメン！
うひひ
彼《かれ》が次々《つぎつぎ》と恋《こい》をするのよ！相手《あいて》も手口《てぐち》もいろいろで手《て》をかえ品《しな》をかえ…
きゃっ
これがまぁ、大人気《だいにんき》！
キャー
キャー
キャー
キャー
キャー
キャー
源氏物語
ある日《ひ》のこと
あの本《ほん》すごいねわしも大《だい》ファンなんだよね！
藤原道長《ふじわらのみちなが》→
娘《むすめ》の中宮彰子《ちゅうぐうしょうし》もファンだし家庭教師《かていきょうし》をやってくれないか
彰子《しょうし》←
はい
紙《かみ》と筆《ふで》と墨《すみ》を持《も》ってきたぞ！
早《はや》く続《つづ》きを書《か》いてくれ！
それで五十四帖《じょう》も書《か》いたのまさか世界一古《せかいいちふる》い長編恋愛小説《ちょうへんれんあいしょうせつ》だとかちっとも知《し》らなかったわ
それに一〇〇〇年後《ねんご》もあなたたちに読《よ》まれているなんてねぇ

三部《ぶ》に分《わ》かれる『源氏物語《げんじものがたり》』

『源氏物語《げんじものがたり》』は、輝《かがや》くばかりに美《うつく》しい男性《だんせい》「光源氏《ひかるげんじ》」と、数々《かずかず》の女性《じょせい》たちのはなやかな恋愛模様《れんあいもよう》をえがいた物語《ものがたり》。全《ぜん》五十四帖《じょう》あり、次《つぎ》の三部《ぶ》に分《わ》けられる。

【第一部《だいいちぶ》】光源氏《ひかるげんじ》が成功《せいこう》をおさめるまで

光源氏《ひかるげんじ》の誕生《たんじょう》から約《やく》四〇年間《ねんかん》のお話《はなし》。生《う》まれつき才能《さいのう》と美《うつく》しさに恵《めぐ》まれた光源氏《ひかるげんじ》だが、はやくに母《はは》を亡《な》くし、理想《りそう》の女性像《じょせいぞう》を追《お》い求《もと》めて多《おお》くの女性《じょせい》と恋愛《れんあい》を重《かさ》ねていく。

父帝《ちちみかど》の妃《きさき》（中宮《ちゅうぐう》 ▼55ページ）である藤壺《ふじつぼ》との禁断《きんだん》の恋《こい》にはじまり、藤壺《ふじつぼ》の面影《おもかげ》を残《のこ》す紫上《むらさきのうえ》、風流《ふうりゅう》で高貴《こうき》な六条御息所《ろくじょうのみやすんどころ》、そして政敵《せいてき》右大臣《うだいじん》の娘《むすめ》の朧月夜《おぼろづきよ》……。この朧月夜《おぼろづきよ》との密会《みっかい》がもとで光源氏《ひかるげんじ》は須磨《すま》に追《お》いやられてしまう。

須磨《すま》で光源氏《ひかるげんじ》はわびしい生活《せいかつ》を送《おく》ることになるが、右大臣《うだいじん》の死《し》をきっかけに都《みやこ》によびもどされる。その後《ご》は順調《じゅんちょう》に昇進《しょうしん》を重《かさ》ね、都《みやこ》に大邸宅《だいていたく》を築《きず》いて女性《じょせい》たちを住《す》まわせ、理想《りそう》の生活《せいかつ》を実現《じつげん》する。

第《だい》一帖《じょう》	「桐壺《きりつぼ》」
第《だい》二帖《じょう》	「帚木《ははきぎ》」
第《だい》三帖《じょう》	「空蝉《うつせみ》」
第《だい》四帖《じょう》	「夕顔《ゆうがお》」
第《だい》五帖《じょう》	「若紫《わかむらさき》」
第《だい》六帖《じょう》	「末摘花《すえつむはな》」
第《だい》七帖《じょう》	「紅葉賀《もみじのが》」
第《だい》八帖《じょう》	「花宴《はなのえん》」
第《だい》九帖《じょう》	「葵《あおい》」
第《だい》十帖《じょう》	「賢木《さかき》」
第《だい》十一帖《じょう》	「花散里《はなちるさと》」
第《だい》十二帖《じょう》	「須磨《すま》」
第《だい》十三帖《じょう》	「明石《あかし》」
第《だい》十四帖《じょう》	「澪標《みおつくし》」
第《だい》十五帖《じょう》	「蓬生《よもぎう》」
第《だい》十六帖《じょう》	「関屋《せきや》」
第《だい》十七帖《じょう》	「絵合《えあわせ》」
第《だい》十八帖《じょう》	「松風《まつかぜ》」
第《だい》十九帖《じょう》	「薄雲《うすぐも》」
第《だい》二十帖《じょう》	「朝顔《あさがお》」
第《だい》二十一帖《じょう》	「乙女《おとめ》」
第《だい》二十二帖《じょう》	「玉鬘《たまかずら》」
第《だい》二十三帖《じょう》	「初音《はつね》」
第《だい》二十四帖《じょう》	「胡蝶《こちょう》」
第《だい》二十五帖《じょう》	「蛍《ほたる》」
第《だい》二十六帖《じょう》	「常夏《とこなつ》」
第《だい》二十七帖《じょう》	「篝火《かがりび》」
第《だい》二十八帖《じょう》	「野分《のわき》」
第《だい》二十九帖《じょう》	「行幸《みゆき》」
第《だい》三十帖《じょう》	「藤袴《ふじばかま》」
第《だい》三十一帖《じょう》	「真木柱《まきばしら》」
第《だい》三十二帖《じょう》	「梅枝《うめがえ》」
第《だい》三十三帖《じょう》	「藤裏葉《ふじのうらば》」

※紫色《むらさきいろ》の帖《じょう》は本書《ほんしょ》で紹介《しょうかい》しているお話《はなし》です。

桐壺帝《きりつぼてい》の第《だい》二皇子《おうじ》。母《はは》の桐壺更衣《きりつぼのこうい》は位《くらい》があまり高《たか》くなく、将来《しょうらい》を案《あん》じた父《ちち》帝《みかど》の考《かんが》えで皇族《こうぞく》につかえる家臣《かしん》になる。光《ひか》り輝《かがや》くような容姿《ようし》にくわえ、学《がく》問《もん》、音楽《おんがく》などなんでもできるスーパースター。第《だい》一部《ぶ》ではその優《すぐ》れた容姿《ようし》と才能《さいのう》でのぼりつめていく様子《ようす》がえがかれる。最初《さいしょ》の正妻《せいさい》は葵上《あおいのうえ》。葵上《あおいのうえ》の死後《しご》、晩年《ばんねん》に女三宮《おんなさんのみや》を正妻《せいさい》にむかえる。恋人《こいびと》や妻《つま》は多《おお》く、中《なか》でも最愛《さいあい》の人《ひと》は紫上《むらさきのうえ》。子《こ》どもは、冷泉帝《れいぜいてい》、夕霧《ゆうぎり》、明石中宮《あかしのちゅうぐう》、薫《かおる》の四人《にん》。

第《だい》一部《ぶ》に登場《とうじょう》するおもな女性《じょせい》

藤壺中宮《ふじつぼのちゅうぐう》……光源氏《ひかるげんじ》の父《ちち》である桐壺帝《きりつぼてい》の妻《つま》。母《はは》の桐《きり》壺更衣《つぼのこうい》に似《に》ている。二人《ふたり》の間《あいだ》には冷泉帝《れいぜいてい》が生《う》まれるが、桐壺帝《きりつぼてい》の子《こ》どもとして育《そだ》てられる。

紫上《むらさきのうえ》（若紫《わかむらさき》） ▼56ページ…少女《しょうじょ》のころは若紫《わかむらさき》とよばれていた。このころ光源氏《ひかるげんじ》と出会《であ》い、ひきとられ育《そだ》てられる。成長後《せいちょうご》は、光源氏《ひかるげんじ》の最愛《さいあい》の妻《つま》となり、亡《な》くなるまで光源氏《ひかるげんじ》のそばにいた。

朧月夜《おぼろづきよ》 ▼61ページ……光源氏《ひかるげんじ》と敵対《てきたい》する右大臣《うだいじん》の娘《むすめ》。光源氏《ひかるげんじ》の兄《あに》の朱雀帝《すざくてい》の妻《つま》になるはずだったが、光源氏《ひかるげんじ》と恋人《こいびと》どうしになってしまう。

明石君《あかしのきみ》 ▼65ページ……光源氏《ひかるげんじ》が須磨《すま》から明石《あかし》へと移《うつ》り住《す》んだときに出会《であ》った女性《じょせい》。光源氏《ひかるげんじ》との間《あいだ》に明石中宮《あかしのちゅうぐう》 ▼65ページ を生《う》む。

葵上《あおいのうえ》 ▼59ページ……光源氏《ひかるげんじ》の最初《さいしょ》の正妻《せいさい》。はじめはなかなか光源氏《ひかるげんじ》に心《こころ》を開《ひら》かなった。夕霧《ゆうぎり》を生《う》んだのち、六条御息所《ろくじょうのみやすんどころ》の生霊《いきりょう》にとりつかれ亡《な》くなる。

六条御息所《ろくじょうのみやすんどころ》 ▼58ページ……光源氏《ひかるげんじ》より年上《としうえ》の恋人《こいびと》。美《うつく》しく、教養《きょうよう》があり、身分《みぶん》も高《たか》い。年上《としうえ》であることをなやみ、光源氏《ひかるげんじ》のほかの恋人《こいびと》たちに嫉妬《しっと》して、生霊《いきりょう》になってしまう。第《だい》一部《ぶ》、第《だい》二部《ぶ》ともに六条御息所《ろくじょうのみやすんどころ》の生霊《いきりょう》・死霊《しりょう》が光源氏《ひかるげんじ》の恋人《こいびと》たちを苦《くる》しめる。

夕顔《ゆうがお》……光源氏《ひかるげんじ》の義理《ぎり》の兄《あに》である頭中将《とうのちゅうじょう》の恋《こい》人《びと》。頭中将《とうのちゅうじょう》との間《あいだ》に娘《むすめ》の玉鬘《たまかずら》が生《う》まれる。頭中将《とうのちゅうじょう》の前《まえ》から姿《すがた》を消《け》してくらしていたところ、光源氏《ひかるげんじ》と出会《であ》い恋人《こいびと》どうしになる。

【第《だい》二部《ぶ》】

過去《かこ》の罪《つみ》を思《おも》って苦《くる》しむ光源氏《ひかるげんじ》

第二部《だいぶ》では、輝《かがや》きを失《うしな》い年老《としお》いていく光源氏《ひかるげんじ》がえがかれている。

光源氏《ひかるげんじ》三十九歳《さい》の冬《ふゆ》から、亡《な》くなるまでのお話《はなし》。朱雀帝《すざくてい》から強《つよ》く頼《たの》まれ、帝《みかど》の娘《むすめ》の女三宮《おんなさんのみや》と結婚《けっこん》した光源氏《ひかるげんじ》だったが、そのことが紫上《むらさきのうえ》を傷《きず》つけてしまう。けなげにも平静《へいせい》をよそおう紫上《むらさきのうえ》だが、しだいに心《こころ》も体《からだ》も弱《よわ》っていく。

一方《いっぽう》、女三宮《おんなさんのみや》は柏木《かしわぎ》という男《おとこ》と恋《こい》に落《お》ちてしまう。それを知《し》った光源氏《ひかるげんじ》は自分《じぶん》がかつて犯《おか》した罪《つみ》を思《おも》いだし、一人苦《ひとりくる》しむ。

その後《ご》、最愛《さいあい》の妻《つま》、紫上《むらさきのうえ》は亡《な》くなり、生《い》きる力《ちから》をなくしてしまった光源氏《ひかるげんじ》は、出家《しゅっけ》することだけを願《ねが》ってすごすようになる。

四十一帖《じょう》「幻《まぼろし》」のあとにある「雲《くも》隠《がくれ》」はタイトルのみで文章《ぶんしょう》がなく、光源氏《ひかるげんじ》の死《し》を象徴的《しょうちょうてき》にあらわしている。

第《だい》三十四帖《じょう》「若菜上《わかなじょう》」
第《だい》三十五帖《じょう》「若菜下《わかなげ》」
第《だい》三十六帖《じょう》「柏木《かしわぎ》」
第《だい》三十七帖《じょう》「横笛《よこぶえ》」
第《だい》三十八帖《じょう》「鈴虫《すずむし》」
第《だい》三十九帖《じょう》「夕霧《ゆうぎり》」
第《だい》四十帖《じょう》「御法《みのり》」
第《だい》四十一帖《じょう》「幻《まぼろし》」
「雲隠《くもがくれ》」

※紫色《むらさきいろ》の帖《じょう》は本書《ほんしょ》で紹介《しょうかい》しているお話《はなし》です。

第二部《だいぶ》に登場《とうじょう》するおもな女性《じょせい》

女三宮《おんなさんのみや》 ▼63ページ……光源氏《ひかるげんじ》の兄《あに》である朱雀帝《すざくてい》の娘《むすめ》。光源氏《ひかるげんじ》の正妻《せいさい》となるが、柏木《かしわぎ》▼63ページと恋人《こいびと》どうしになり、薫《かおる》▼67ページを生《う》む。

明石中宮《あかしのちゅうぐう》 ▼65ページ……光源氏《ひかるげんじ》と明石君《あかしのきみ》の娘《むすめ》。光源氏《ひかるげんじ》にひきとられ、紫上《むらさきのうえ》が養女《ようじょ》として育《そだ》てる。今上帝《きんじょうてい》の中宮《ちゅうぐう》▼55ページとなり、匂宮《におうのみや》▼67ページを生《う》む。

【第《だい》三部《ぶ》】

新《あら》たな世代《せだい》の恋物語《こいものがたり》

第三部《だいぶ》では光源氏《ひかるげんじ》の子《こ》どもと孫《まご》が主人公《しゅじんこう》となる。

光源氏《ひかるげんじ》の死後《しご》、息子《むすこ》の薫《かおる》と、孫《まご》の匂宮《におうのみや》の二人《ふたり》を中心《ちゅうしん》にしたお話《はなし》。光源氏《ひかるげんじ》の息子《むすこ》として育《そだ》てられながらも実《じつ》は女三宮《おんなさんのみや》と柏木《かしわぎ》の子《こ》どもである薫《かおる》は、自分《じぶん》の生《う》まれの秘密《ひみつ》になやみながらくらしていた。そんな中《なか》で、薫《かおる》は宇治《うじ》にくらす美人《びじん》姉妹《しまい》の姉《あね》、大君《おおいぎみ》にひかれていく。

大君《おおいぎみ》は、匂宮《におうのみや》と大君《おおいぎみ》の妹《いもうと》の中君《なかのきみ》のことで心労《しんろう》が重《かさ》なり病《やまい》にたおれる。薫《かおる》の看病《かんびょう》のかいもなく、大君《おおいぎみ》は死《し》んでしまう。大君《おおいぎみ》のことを忘《わす》れられない薫《かおる》は大君《おおいぎみ》のもう一人《ひとり》の妹《いもうと》、浮舟《うきふね》に心《こころ》ひかれていく。

一方《いっぽう》、匂宮《におうのみや》は中君《なかのきみ》と結婚《けっこん》するも、光源氏《ひかるげんじ》ゆずりの女性《じょせい》好《ず》きな性格《せいかく》から浮舟《うきふね》にも近《ちか》づいていく。

話《はなし》のおもな舞台《ぶたい》が宇治《うじ》であることから、「橋姫《はしひめ》」から「夢浮橋《ゆめのうきはし》」までを「宇治《うじ》十帖《じょう》」とよぶ。

第《だい》四十二帖《じょう》「匂宮《におうのみや》」
第《だい》四十三帖《じょう》「紅梅《こうばい》」
第《だい》四十四帖《じょう》「竹河《たけかわ》」
第《だい》四十五帖《じょう》「橋姫《はしひめ》」
第《だい》四十六帖《じょう》「椎本《しいがもと》」
第《だい》四十七帖《じょう》「総角《あげまき》」
第《だい》四十八帖《じょう》「早蕨《さわらび》」
第《だい》四十九帖《じょう》「宿木《やどりぎ》」
第《だい》五十帖《じょう》「東屋《あずまや》」
第《だい》五十一帖《じょう》「浮舟《うきふね》」
第《だい》五十二帖《じょう》「蜻蛉《かげろう》」
第《だい》五十三帖《じょう》「手習《てならい》」
第《だい》五十四帖《じょう》「夢浮橋《ゆめのうきはし》」

※紫色《むらさきいろ》の帖《じょう》は本書《ほんしょ》で紹介《しょうかい》しているお話《はなし》です。

第三部《だいぶ》に登場《とうじょう》するおもな女性《じょせい》

大君《おおいぎみ》……光源氏《ひかるげんじ》の弟《おとうと》の八宮《はちのみや》の娘《むすめ》で、三姉妹《さんしまい》の長女《ちょうじょ》。妹《いもうと》に中君《なかのきみ》と浮舟《うきふね》がいる。薫《かおる》に心《こころ》ひかれながらも恋人《こいびと》どうしにはならず、若《わか》くして亡《な》くなる。

中君《なかのきみ》……光源氏《ひかるげんじ》の弟《おとうと》の八宮《はちのみや》の娘《むすめ》で、三姉妹《さんしまい》の次女《じじょ》。匂宮《におうのみや》の妻《つま》となり、匂宮《におうのみや》の長男《ちょうなん》を生《う》む。

浮舟《うきふね》 ▼66ページ……光源氏《ひかるげんじ》の弟《おとうと》の八宮《はちのみや》の娘《むすめ》で、三姉妹《さんしまい》の三女《さんじょ》。大君《おおいぎみ》、中君《なかのきみ》とは母親《ははおや》がことなり、大君《おおいぎみ》、中君《なかのきみ》とは別《べつ》に育《そだ》てられる。大君《おおいぎみ》に似《に》ている。薫《かおる》と恋人《こいびと》どうしになるが、匂宮《におうのみや》とも恋人《こいびと》どうしになってしまう。

帝《みかど》に愛《あい》された光源氏《ひかるげんじ》の母《はは》

桐壺《きりつぼ》

―いづ《(ず)》れの御時《おおんとき》にか―

物語《ものがたり》

『源氏物語《げんじものがたり》』の幕開《まくあ》け。光源氏《ひかるげんじ》を中心《ちゅうしん》とした長大《ちょうだい》な物語《ものがたり》は、光源氏《ひかるげんじ》の母《はは》の桐壺更衣《きりつぼのこうい》のエピソードからはじまる。

原文《げんぶん》を読《よ》んでみよう

いづ《(ず)》れの御時《おおんとき》にか、女御《にょうご》、更衣《こうい》あまたさぶらひ《(い)》たまひ《(い)》ける中《なか》に、いとやむ《(ん)》ごとなき際《きわ》にはあらぬが、すぐれて時《とき》めきたまふ《(う)》ありけり。はじめより我《われ》はと思《おも》ひ《(い)》あがりたまへ《(え)》る御方々《おんかたがた》、めざましきものにおとしめそねみたまふ《(う)》。同《おな》じほど、それより下臈《げろう》の更衣《こうい》たちはましてやすからず。朝夕《あさゆう》の宮仕《みやづかえ》につけても、人《ひと》の心《こころ》をのみ動《うご》かし、恨《うら》みを負《お》ふ《(う)》つもりにやありけん、いとあつしくなりゆき、もの心細《こころぼそ》げに里《さと》がちなるを、いよいよあかずあはれ《(わ)》なるものに思《おも》ほ《(お)》して、人《ひと》のそしりをもえ憚《はばか》らせたまは《(わ)》ず、世《よ》の例《ためし》にもなりぬべき御《おん》もてなしなり。上達部《かんだちめ》、上人《うえびと》などもあいな

この場面《ばめん》のお話《はなし》

どの帝《みかど》の時代《じだい》だったか、たくさんの女性《じょせい》たちがお仕《つか》えしている中《なか》に、それほど身分《みぶん》は高《たか》くないが、帝《みかど》からとても愛《あい》されている女性《じょせい》（桐壺更衣《きりつぼのこうい》）がおられた。「自分《じぶん》こそは特別《とくべつ》に愛《あい》されるはず」と思《おも》っていたほかの女《おんな》たちは、気分《きぶん》を損《そこ》ねて彼女《かのじょ》に嫉妬《しっと》した。彼女《かのじょ》と同《おな》じか、それよりも低《ひく》い身分《みぶん》の者《もの》たちは、さらにイライラをつのらせた。日々《ひび》の宮仕《みやづか》え ▼11ページ で人《ひと》のうらみをたくさんかってしまわれたからだろうか、桐壺更衣《きりつぼのこうい》はひどく病気《びょうき》がちになり、心《こころ》も弱《よわ》くなられて、実家《じっか》へ里帰《さとがえ》りされる回数《かいすう》も増《ふ》えていった。帝《みかど》はそんな彼女《かのじょ》をますます大切《たいせつ》に思《おも》われ、人々《ひとびと》の非難《ひなん》も耳《みみ》に入《はい》らない様子《ようす》で、これまでにない愛《あい》しぶりをなさった。それは、宮中《きゅうちゅう》で働《はたら》く役人《やくにん》たちも目《め》を背《そむ》けるほどだった。

このお話《はなし》の続《つづ》きは……

人々《ひとびと》は、中国《ちゅうごく》が乱《みだ》れる原因《げんいん》となった、絶世《ぜっせい》の美女《びじょ》といわれる楊貴妃《ようきひ》を引《ひ》きあいに出《だ》して、桐壺更衣《きりつぼのこうい》を非難《ひなん》した。桐壺更衣《きりつぼのこうい》はさらに弱《よわ》り、光源氏《ひかるげんじ》を生《う》んだあと亡《な》くなる。帝《みかど》は悲《かな》しみ、桐壺更衣《きりつぼのこうい》そっくりの藤壺中宮《ふじつぼのちゅうぐう》を宮《みや》へ飛《ひ》

マンガで読《よ》む!

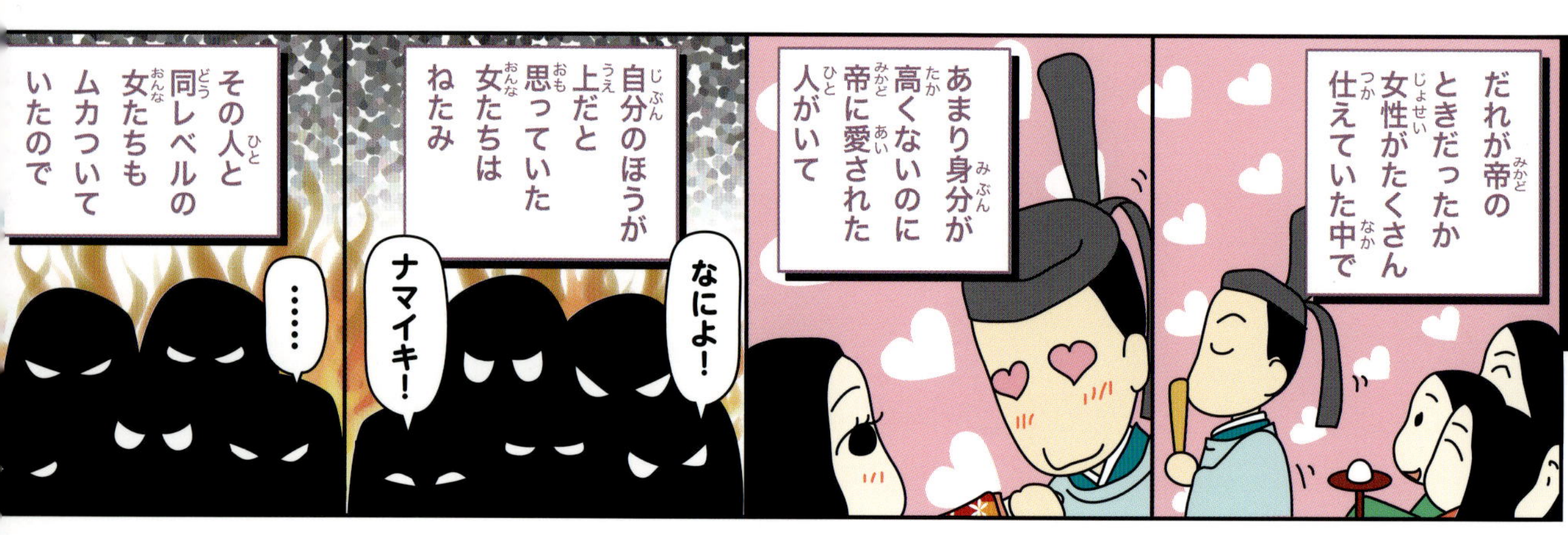

く目を側めつつ、いとまばゆき人の御おぼえなり。

お妃《きさき》にランキングがあったの?

帝《みかど》の妃《きさき》は何人《なんにん》もいて、父親《ちちおや》の官位《かんい》によってランキングが決《き》まっていた。一番上《いちばんうえ》が中宮《ちゅうぐう》で、一番下《いちばんした》が更衣《こうい》。光源氏《ひかるげんじ》の母《はは》は更衣《こうい》だった。ランキングによって住《す》む場所《ばしょ》も決《き》まる。高《たか》いほど帝《みかど》がいる清涼殿《せいりょうでん》に近《ちか》く、桐壺更衣《きりつぼのこうい》は一番遠《いちばんとお》い淑景舎《しげいしゃ》(通称《つうしょう》・桐壺《きりつぼ》)▼7ページにいた。

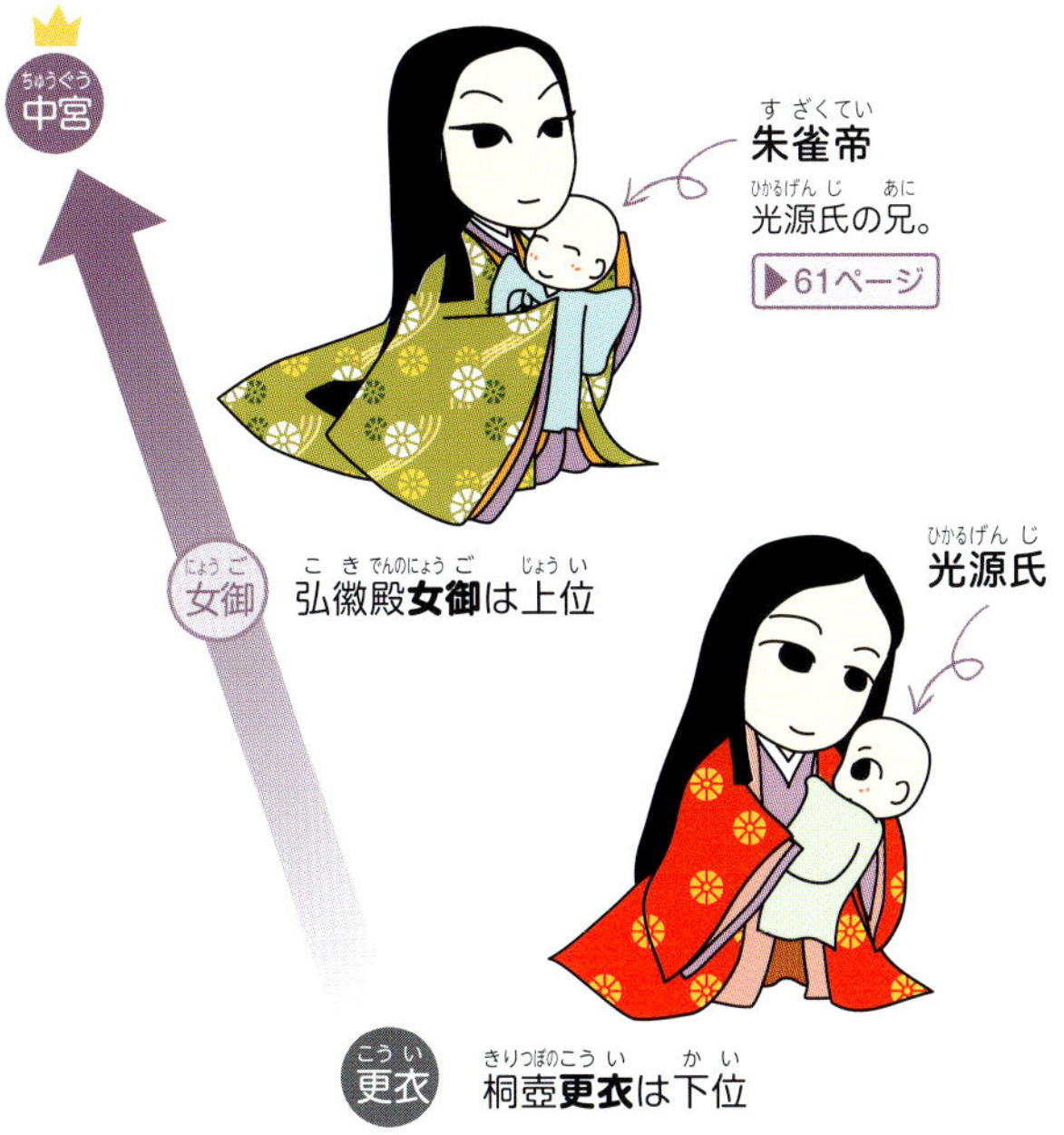

中宮《ちゅうぐう》
朱雀帝《すざくてい》
光源氏《ひかるげんじ》の兄《あに》。
▶61ページ
女御《にょうご》
弘徽殿女御《こきでんのにょうご》は上位《じょうい》
光源氏《ひかるげんじ》
更衣《こうい》
桐壺更衣《きりつぼのこうい》は下位《かい》

香舎▼7ページ)に住まわせる。光源氏は藤壺中宮《ふじつぼのちゅうぐう》に育《そだ》てられ、年《とし》の近《ちか》い彼女《かのじょ》に恋《こい》をした。成人後《せいじんご》、二人《ふたり》は恋人《こいびと》どうしになるが、この関係《かんけい》になやんだ藤壺中宮《ふじつぼのちゅうぐう》は出家《しゅっけ》してしまう。こうして藤壺中宮《ふじつぼのちゅうぐう》は、光源氏《ひかるげんじ》の中《なか》で永遠《えいえん》のあこがれの人《ひと》となった。光源氏《ひかるげんじ》は政治上《せいじじょう》の理由《りゆう》から、従姉《いとこ》の葵上《あおいのうえ》▼59ページを正妻《せいさい》にした。

母親《ははおや》の身分《みぶん》が低《ひく》い光源氏《ひかるげんじ》は、皇族《こうぞく》に仕《つか》える家臣《かしん》になり、天皇《てんのう》の後《あと》つぎから外《はず》れる。これは、光源氏《ひかるげんじ》をめぐる後《あと》つぎ争《あらそ》いが起《お》こらないよう帝《みかど》が決《き》めたことだった。光源氏《ひかるげんじ》は、生《う》まれもった美《うつく》しさと才能《さいのう》で出世《しゅっせ》していく。

光源氏《ひかるげんじ》は本名《ほんみょう》じゃない!?

おもな登場人物《とうじょうじんぶつ》の名前《なまえ》は、姓名《せいめい》ではなく官位《かんい》▼9ページや通称《つうしょう》で書《か》かれている。光源氏《ひかるげんじ》は「光《ひか》り輝《かがや》くほど美《うつく》しい源氏《げんじ》の君《きみ》」という意味《いみ》。また、彼《かれ》の父《ちち》である「帝《みかど》」も、母《はは》である桐壺更衣《きりつぼのこうい》と同《おな》じく、場所《ばしょ》の名前《なまえ》にちなんで「桐壺帝《きりつぼてい》」とよばれている。

「末摘花《すえつむはな》」や「玉鬘《たまかずら》」など、帖《じょう》の名前《なまえ》は、和歌《わか》やお話《はなし》の場所《ばしょ》などからつけられているの。登場《とうじょう》する女性《じょせい》の名前《なまえ》には、のちの時代《じだい》に、帖《じょう》の名前《なまえ》からつけられたものもあるのよ。

針《はり》のむしろ!
病気《びょうき》になりそう
ちく
ちく
ちく
実家《じっか》に帰《かえ》らせてください…
え~
離《はな》れたくない~
なんだかな~
ちょっとアレだよな~
やーねー
ねーっ
ひそ
ひそ
ひそ
楊貴妃《ようきひ》っぽくてヤバくない?
ひそ
でも愛《あい》されてるのはありがたいことだわ

用語解説《ようごかいせつ》

*やむごとなき(際《きわ》)……高《たか》い身分《みぶん》。 *あつしく……病弱《びょうじゃく》に。 *あかず……「飽《あ》かず」。これで十分《じゅうぶん》ということはなく。 *上達部《かんだちめ》、上人《うえびと》……▼9ページ *あいなく……おもしろくない。上達部《かんだちめ》や上人《うえびと》の困《こま》ったものだ、という感想《かんそう》。 *御《おん》おぼえ……帝《みかど》の愛《あい》しぶり。

源氏物語《げんじものがたり》

第五帖《だいじょうだいぶ》（第一部）

光源氏《ひかるげんじ》と運命《うんめい》の人《ひと》の出会《であ》い

若紫《わかむらさき》

ーきよげなる大人《おとな》二人《ふたり》ばかりー

物語《ものがたり》

光源氏《ひかるげんじ》は藤壺中宮《ふじつぼのちゅうぐう》に似《に》た美少女《びしょうじょ》の若紫《わかむらさき》を見《み》つける。彼女《かのじょ》は飼《か》っていた雀《すずめ》を逃《に》がされてしまい、泣《な》いている。乳母《めのと》は同情《どうじょう》し、祖母《そぼ》の尼《あま》さんは自分《じぶん》の病気《びょうき》のことを若紫《わかむらさき》がわかっていないとため息《いき》をつく。

原文《げんぶん》を読《よ》んでみよう

きよげなる大人《おとな》二人《ふたり》ばかり、さては童《わらわ》べぞ出《い》で入《い》り遊《あそ》ぶ。中《なか》に、十《とお》ばかりやあらむ《(ん)》と見《み》えて、白《しろ》き衣《きぬ》、山吹《やまぶき》などの萎《な》えたる着《き》て走《はし》り来《き》たる女子《おんなご》、あまた見《み》えつる子《こ》どもに似《に》るべうもあらず、いみじく生《お》ひ《(い)》先《さき》見《み》えてうつくしげなる容貌《かたち》なり。髪《かみ》は扇《おうぎ》をひろげたるやう《(よ)》にゆらゆらとして、顔《かお》はいと赤《あか》くすりなして立《た》てり。

～中略《ちゅうりゃく》～

尼君《あまぎみ》、「いで、あな幼《おさな》や。言《い》ふ《(う)》かひ《(い)》なう《(の)》ものしたまふ《(う)》かな。おのがかく今日明日《きょうあす》におぼゆる命《いのち》をば何《なに》とも思《おぼ》したらで、雀慕《すずめした》ひ《(い)》たまふ《(う)》ほどよ。罪得《つみう》ることぞと常《つね》に聞《き》こゆるを、心憂《こころう》く」

この場面《ばめん》のお話《はなし》

光源氏《ひかるげんじ》が垣根《かきね》からのぞき見《み》していると、きれいな年配《ねんぱい》の女房二人《にょうぼうふたり》ほどと、子《こ》どもたちが遊《あそ》んでいるのが見《み》えた。その中《なか》に、白《しろ》と黄《き》の着《き》なれた着物《きもの》を重《かさ》ね着《ぎ》した十歳《さい》ぐらいの女《おんな》の子《こ》がいた。ほかの子《こ》とは明《あき》らかにちがっていて、成長《せいちょう》したら絶対美人《ぜったいびじん》になるとわかるほど、かわいらしい姿《すがた》をしていた。髪《かみ》は扇子《せんす》を広《ひろ》げたように切《き》りそろえ、ふさふさして、顔《かお》は泣《な》いて赤《あか》くなっている。

～中略《ちゅうりゃく》～

尼《あま》さんは、「まあ、なんと子《こ》どもっぽいこと。何《なに》もわかっていないのね。私《わたし》が今日明日《きょうあす》とも知《し》れない命《いのち》であることを、なんとも思《おも》わず、雀《すずめ》に夢中《むちゅう》になっているなんて。バチがあたりますよと、いつもいっているでしょう。情《なさ》けないことだわ」といい、「こっちへいらっしゃい」とよぶと、女《おんな》の子《こ》はひざをついてちょこんと座《すわ》った。その顔《かお》のほおのあたりがとてもかわいらしく、自然《しぜん》な眉《まゆ》も、前髪《まえがみ》をかきあげた額《ひたい》も、髪《かみ》の様子《ようす》も本当《ほんとう》に愛《あい》くるしい。

光源氏《ひかるげんじ》は「成人《せいじん》するのを見《み》ていたい子《こ》だな」と思《おも》いながら見《み》つめておられた。だが、「この子《こ》は自分《じぶん》が愛《あい》してやまない藤壺中宮《ふじつぼのちゅうぐう》にそっく

マンガで読《よ》む！

光源氏《ひかるげんじ》→
えーん
あらら どうしたの？ ケンカでもしたの？
雀《すずめ》の子《こ》が！
かごをふせて！
ひっく
逃《に》げたの！
おいたのに！
まぁたいへん カラスとかに つかまったら…
世話係《せわがかり》が 感《かん》じいいな

とて、「こちや」と言へばついゐたり。つらつきいとらうた《(ろ)》げにて、眉《まゆ》のわたりうちけぶり、いはけ《(わ)》なくかいやりたる額《ひたい》つき、髪《かん》ざしいみじう《(じゅう)》うつくし。ねびゆかむ《(ん)》さまゆかしき人《ひと》かな、と目《め》とまりたまふ《(う)》。さるは、限《かぎ》りなう《(の)》心《こころ》を尽《つ》くしきこゆる人《ひと》にいとよう似《に》たてまつれるがまもらるるなりけり、と思《おも》ふ《(う)》にも涙《なみだ》ぞ落《お》つる。

りだ。だから、こんなにも目を引かれるのだ」と気《き》づいたとき、光源氏《ひかるげんじ》の目《め》からは涙《なみだ》がこぼれるのだった。

このお話《はなし》の続《つづ》きは……

実《じつ》は、若紫《わかむらさき》は藤壺《ふじつぼ》のめい。祖母《そぼ》の尼《あま》さんが亡《な》くなると、光源氏《ひかるげんじ》に引《ひ》き取《と》られ、のちに最愛《さいあい》の妻《つま》となる。若紫《わかむらさき》は、成長後《せいちょうご》、紫上《むらさきのうえ》▼65ページとよばれるようになる。

雀《すずめ》を飼《か》っていたの?

雀《すずめ》をペットとして飼《か》うことがこの時代《じだい》、流行《りゅうこう》していた。『枕草子《まくらのそうし》』の百四十五段《だん》▼30ページにも出《で》てくる。ここで尼君《あまぎみ》が「罪《つみ》得《う》ることぞ」といったのは、仏教《ぶっきょう》の考《かんが》え方《かた》で、動物《どうぶつ》を捕《つか》まえることは罪《つみ》だと考《かんが》えられていたからである。

恋《こい》はのぞき見《み》からはじまる!?

「のぞき見《み》からはじまる恋《こい》」は、この時代《じだい》によく見《み》られた。平安時代《へいあんじだい》の女性《じょせい》は御簾《みす》の向《む》こうにいて、あまり姿《すがた》をあらわさないので、男性《だんせい》はなんとか見《み》ようとした。

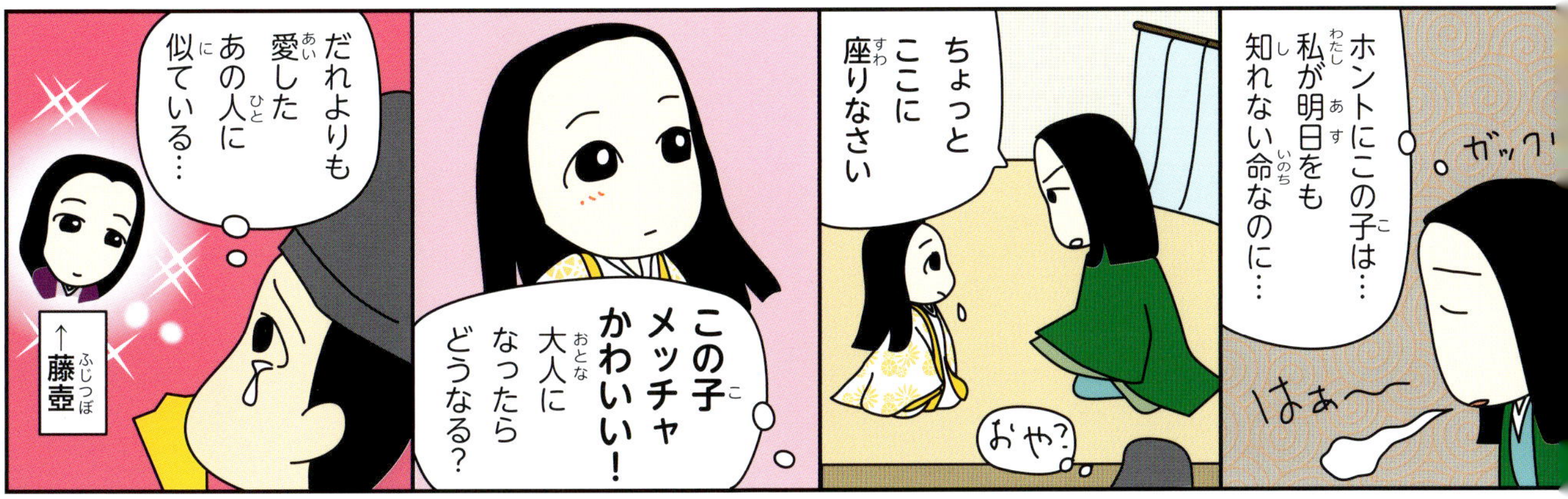

用語解説《ようごかいせつ》

＊白《しろ》き衣《きぬ》、山吹《やまぶき》など……白《しろ》い単《ひとえ》に、表《おもて》が薄朽葉色《うすくちばいろ》で裏《うら》が黄色《きいろ》の着物《きもの》などを上《うえ》に着《き》て。 ＊萎《な》えたる……のりが落《お》ちてやわらかい様子《ようす》。 ＊心憂《こころう》く……情《なさ》けないこと。
＊ついゐたり……「突《つ》き居《い》る」。ひざをついて座《すわ》る。 ＊らうたげ……かわいらしい。 ＊ねびゆかむさま……将来《しょうらい》、美人《びじん》になるだろうと思《おも》われる様子《ようす》。

源氏物語《げんじものがたり》

第《だい》九帖《じょう》(第《だい》一部《ぶ》)

葵《あおい》

光源氏《ひかるげんじ》の妻《つま》と恋人《こいびと》の車《くるま》争《あらそ》い

―斎宮《さいぐう》の御母御息所《おんははみやすんどころ》―

物語《ものがたり》

光源氏《ひかるげんじ》が京《きょう》での儀式《ぎしき》に出席《しゅっせき》する。光源氏《ひかるげんじ》の正妻《せいさい》の葵上《あおいのうえ》は牛車《ぎっしゃ》でその見物《けんぶつ》にやってきて、まわりのじゃまな車《くるま》をどかしていた。その中《なか》に光源氏《ひかるげんじ》の恋人《こいびと》の一人《ひとり》である六条御息所《ろくじょうのみやすんどころ》の車《くるま》があり、双方《そうほう》の家来《けらい》がけんかをはじめる。

原文《げんぶん》を読《よ》んでみよう

斎宮《さいぐう》の御母御息所《おんははみやすんどころ》、もの思《おぼ》し乱《みだ》るる慰《なぐさ》めにもやと、忍《しの》びて出《い》でたまへ（え）るなりけり。つれなしづくれど、おのづ（ず）から見《み》知《し》りぬ。「さばかりにては、さな言《い》は（わ）せそ。大将殿《たいしょうどの》をぞ豪家《ごうけ》には思《おも》ひ（い）きこゆらむ（ん）」など言《い》ふ（う）を、その御方《おんかた》の人《ひと》もまじれれば、いとほ（お）しと見《み》ながら、用意《ようい》せむ（ん）もわづ（ず）らは（わ）しければ、知《し》らず顔《かお》をつくる。つひ（い）に御車《みくるま》ども立《た》てつづけつれば、副車《ひとだまい》の奥《おく》に押《お》しやられてものも見《み》えず。心《こころ》やましきをばさるものにて、かかるやつれをそれと知《し》られぬるが、いみじう（じゅう）ねたきこと限《かぎ》りなし。榻《しじ》などもみな押《お》し折《お》られて、すずろなる車《くるま》の筒《どう》にうちかけたれば、

この場面《ばめん》のお話《はなし》

この車《くるま》は、気分転換《きぶんてんかん》にこっそりいらっしゃった六条御息所《ろくじょうのみやすんどころ》の車《くるま》だった。目立《めだ》たなくしていたが、自然《しぜん》とバレてしまった。葵上《あおいのうえ》の家来《けらい》が「その程度《ていど》の身分《みぶん》で偉《えら》そうに。大将《たいしょう》(光源氏《ひかるげんじ》)の権力《けんりょく》を借《か》りて調子《ちょうし》にのるな」などというのを光源氏《ひかるげんじ》の家来《けらい》は耳《みみ》にして、御息所《みやすんどころ》を気《き》の毒《どく》に思《おも》う。だが、注意《ちゅうい》すると面倒《めんどう》なので知《し》らん顔《かお》をしている。結局《けっきょく》、葵上《あおいのうえ》の車《くるま》がどんどん止《と》められてゆき、御《み》息所《やすんどころ》の車《くるま》は奥《おく》に押《お》しやられて、何《なに》も見《み》えなくなってしまった。御息所《みやすんどころ》は腹《はら》が立《た》つのはもちろんのこと、お忍《しの》びの姿《すがた》を見《み》られたことも、ひどくはずかしく思《おも》われた。車止《くるまど》めの台《だい》はへし折《お》られ、轅《ながえ》をそのへんの車《くるま》の轂《こしき》に立《た》てかけてある。御息《みやすん》所《どころ》はくやしくて、何《なん》のために来《き》たのかと後悔《こうかい》なさるが、今《いま》さらどうしようもなかった。

御息所《みやすんどころ》は行事《ぎょうじ》を見《み》ないで帰《かえ》ろうとなさったが、ぬけだすすき間《ま》もない。そのとき、「行列《ぎょうれつ》が来《き》たぞ」という声《こえ》が聞《き》こえた。こんなみじめな思《おも》いをしても、光源氏《ひかるげんじ》を見《み》たいと待《ま》ってしまう女心《おんなごころ》の弱《よわ》さよ。事情《じじょう》を知《し》らないまま通《とお》り過《す》ぎていく光源氏《ひかるげんじ》を、御息所《みやすんどころ》はじれったい思《おも》いで見送《みおく》られるのだった。

マンガで読《よ》む!

今日《きょう》はお祭《まつ》りです
いまいち気《き》がすすまないわ…
地味《じみ》にいこう
…と思《おも》ってもそこはそれ、身分《みぶん》が高《たか》いので大勢《おおぜい》引《ひ》き連《つ》れハデハデになってしまった
ぞろ
ぞろ
おい! そこをどけ!
葵様《あおいさま》の車《くるま》だぞ!
なんだとっ!
どけってば!
どかないよ!
ふざけるな!
そっちがな!
ええい

またなう人わろく、悔しう何に来つらんと思《おも》ふ《(う)》にかひ《(い)》なし。ものも見《み》で帰《かえ》らんとしたまへ《(え)》ど、通《とお》り出《い》でん隙《ひま》もなきに、「事《こと》なりぬ」と言《い》へ《(え)》ば、さすがにつらき人《ひと》の御前渡《おんまえわた》りの待《ま》たるるも心弱《こころよわ》しや、笹《ささ》の隈《くま》にだにあらねばにや、つれなく過《す》ぎたまふ《(う)》につけても、なかなか御心《みこころ》づくしなり。

正妻《せいさい》は恋人《こいびと》よりも立場《たちば》が上《うえ》！

この時代《じだい》の貴族《きぞく》は、一夫《いっぷ》多妻制《たさいせい》。ただし、正妻《せいさい》は一人《ひとり》。夫《おっと》からだけではなく、世間《せけん》的《てき》にも正妻《せいさい》は重《おも》んじられていた。

葵上《あおいのうえ》は光源氏《ひかるげんじ》の正妻《せいさい》で、六条御息所《ろくじょうのみやすんどころ》は光源氏《ひかるげんじ》の恋人《こいびと》でしかないため、葵上《あおいのうえ》の家来《けらい》たちに軽《かる》くあつかわれた。

正妻《せいさい》
恋人《こいびと》
葵上《あおいのうえ》
六条御息所《ろくじょうのみやすどころ》

車《くるま》は牛《うし》が引《ひ》っぱっていた!?

この時代《じだい》の道《みち》は舗装《ほそう》されていなかったので、速《はや》く歩《ある》く馬《うま》より、ゆっくり歩《ある》く牛《うし》が引《ひ》く牛車《ぎっしゃ》のほうがゆれず、乗《の》り心地《ごこち》がよかった。

轅《ながえ》
筒《どう》（轂《こしき》）
軛《くびき》
榻《しじ》

榻《しじ》は車《くるま》を止《と》めるときに軛《くびき》を支《ささ》える台《だい》。ふみ台《だい》としても使《つか》われて、車《くるま》の後方《こうほう》から乗《の》り、前方《ぜんぽう》から降《お》りる。

このお話《はなし》の続《つづ》きは……

この事件《じけん》から、葵上《あおいのうえ》はもののけにおそわれるようになる。その正体《しょうたい》は、くやしい思《おも》いをした六条御息所《ろくじょうのみやすんどころ》が無意識《むいしき》に飛《と》ばした生霊《いきりょう》だった。葵上《あおいのうえ》は光源氏《ひかるげんじ》の息子《むすこ》の夕霧《ゆうぎり》を生《う》んだあと、次第《しだい》に弱《よわ》って死《し》に、紫上《むらさきのうえ》（▼65ページ）が事実上《じじつじょう》もっとも重《おも》んじられた妻《つま》になる。しかし、そののちに朱雀帝《すざくてい》の娘《むすめ》である女三宮《おんなさんのみや》（▼62ページ）が正妻《せいさい》の座《ざ》につく。

争《あらそ》った結果《けっか》…
御息所《みやすんどころ》の車《くるま》→
みゃっ
ウリャッ
車《くるま》の中《なか》では…
御息所《みやすんどころ》→
なんで私《わたし》がこんな目《め》に…
かたむいてるしっ
ああくやしい
もうイヤッ
帰《かえ》りたいのに渋滞《じゅうたい》で車《くるま》が動《うご》かないし！
光《ひかる》の君《きみ》は素通《すどお》り！
さーっ
スルー

用語解説《ようごかいせつ》

＊斎宮《さいぐう》……斎宮女御《さいぐうのにょうご》、のちの秋好中宮《あきこのむちゅうぐう》。　＊御息所《みやすどころ》……天皇《てんのう》の寝所《しんじょ》。また、そこに仕《つか》える女性《じょせい》。　＊つれなしづくれ……素知《そし》らぬふりをする。気《き》づかれないようにする。　＊用意《ようい》せむ……仲裁《ちゅうさい》する。

＊副車《ひとだまい》……お供《とも》の車《くるま》。　＊心《こころ》やましき……情《なさ》けない。　＊すずろなる……つまらない。たいしたことがない。　＊さすがに……それでもやはり。

源氏物語《げんじものがたり》
第《だい》十二帖《じょう》（第《だい》一部《ぶ》）

光源氏《ひかるげんじ》が須磨《すま》に身《み》を隠《かく》す

須磨《すま》 ―須磨《すま》には、いとど心《こころ》づくしの秋風《あきかぜ》に―

物語《ものがたり》

光源氏《ひかるげんじ》の母親《ははおや》ちがいの兄《あに》は帝《みかど》となり、朱雀帝《すざくてい》とよばれていた。光源氏《ひかるげんじ》は朱雀帝《すざくてい》の妻《つま》になるはずだった朧月夜《おぼろづきよ》と恋人《こいびと》どうしになってしまう。それが朧月夜《おぼろづきよ》の父《ちち》である右大臣《うだいじん》に見《み》つかる。身《み》の危険《きけん》を感《かん》じた光源氏《ひかるげんじ》は、瀬戸内海近《せとないかいちか》くのさびれた須磨《すま》（現在《げんざい》の兵庫県《ひょうごけん》神戸市須磨区《こうべしすまく》）に身《み》を隠《かく》す。

原文《げんぶん》を読《よ》んでみよう

須磨《すま》には、いとど心《こころ》づくしの秋風《あきかぜ》に、海《うみ》はすこし遠《とお》けれど、行平《ゆきひら》の中納《ちゅうな》言《ごん》の、関《せき》吹《ふ》き越《こ》ゆると言《い》ひ《(い)》けん浦波《うらなみ》、夜々《よるよる》はげにいと近《ちか》く聞《き》こえて、またなくあは《(わ)》れなるものはかかる所《ところ》の秋《あき》なりけり。

御前《おんまえ》にいと人少《ひとすく》なにて、うち休《やす》みわたれるに、独《ひと》り目《め》をさまして、枕《まくら》をそばだてて四方《よも》の嵐《あらし》を聞《き》きたまふ《(う)》に、波《なみ》ただここもとに立《た》ちくる心地《ここち》して、涙《なみだ》落《お》つともおぼえぬに枕浮《まくらう》くばかりになりにけり。琴《きん》をすこし掻《か》き鳴《な》らしたまへ《(え)》るが、我《われ》ながらいとすごう聞《き》こゆれば、弾《ひ》きさしたまひ《(い)》て、

恋《こ》ひ《(い)》わびてなく音《ね》にまがふ《(ごう)》浦波《うらなみ》は

この場面《ばめん》のお話《はなし》

須磨《すま》では、人《ひと》を悲《かな》しい気持《きも》ちにさせる秋風《あきかぜ》が吹《ふ》いている。海《うみ》はここからは少《すこ》し遠《とお》いが、在原《ありわらの》行平《ゆきひら》の中納言《ちゅうなごん》が「関吹《せきふ》き越《こ》ゆる」と歌《うた》に詠《よ》んだ浦風《うらかぜ》に荒《あ》れる波音《なみおと》が、夜《よる》になるといつも近《ちか》くに聞《き》こえてくる。こんなにもさびしさが身《み》にしみるのは、こういう場所《ばしょ》の秋《あき》だからだ。

須磨《すま》に隠《かく》れ住《す》む光源氏《ひかるげんじ》のそばには、お付《つ》きの者《もの》が少《すく》ない。みながねむる夜《よる》に、光源氏《ひかるげんじ》は一人《ひとり》目《め》を覚《さ》まし、枕《まくら》から頭《あたま》を上《あ》げて、あたりに吹《ふ》く嵐《あらし》の音《おと》を聞《き》いた。すると、波《なみ》がすぐ枕《まくら》もとまで来《く》るような気《き》がしてくる。自分《じぶん》では泣《な》いたつもりはないのに、気《き》づくと枕《まくら》が涙《なみだ》で浮《う》きあがるほどにぬれていた。

光源氏《ひかるげんじ》は琴《きん》を少《すこ》し弾《ひ》いてみた。すると、思《おも》っていた以上《いじょう》にさびしく音《おと》が響《ひび》いて、思《おも》わず弾《ひ》く手《て》が止《と》まってしまう。

〝この波音《なみおと》は、都《みやこ》の人《ひと》たちを恋《こい》しがって泣《な》く、私《わたし》の声《こえ》のようだ。私《わたし》を恋《こい》しがる人《ひと》たちがいる都《みやこ》の方角《ほうがく》から吹《ふ》く風《かぜ》によるものだろうか。〟と、光源氏《ひかるげんじ》が歌《うた》を詠《よ》むと、お付《つ》きの者《もの》たちが目《め》

マンガで読《よ》む！

夜《よる》になると
波《なみ》の音《おと》が
すぐ近《ちか》くに
聞《き》こえる…
ザザーン
海《うみ》はけっこう
遠《とお》いのに…
秋《あき》の風《かぜ》
だからかな…
ヒュ〜
みんなもう
ねちゃったか…
もともと人数《にんずう》も
少《すく》ないしなぁ
いつの間《ま》にか
泣《な》いてたらしい
枕《まくら》が涙《なみだ》で

思ふかたより風や吹くらん
とうたひ《（い）》たまへ《（え）》るに人々《ひとびと》おどろきて、めでたう《（と）》おぼゆるに忍《しの》ばれで、あいなう《（の）》起《お》きゐ《（い）》つつ、鼻《はな》を忍《しの》びやかにかみわたす。

を覚ます。彼らはみな、「すばらしいお声だ」と感動《かんどう》すると同時《どうじ》に、悲《かな》しさやさびしさがこらえきれなくなり、そっと鼻《はな》をかんでは泣《な》いている。

このお話《はなし》の続《つづ》きは……

嵐《あらし》の夜《よる》、光源氏《ひかるげんじ》の夢《ゆめ》に父《ちち》の桐壺帝《きりつぼてい》があらわれ、須磨《すま》を去《さ》るようにいう。それにしたがい、光源氏《ひかるげんじ》は明石《あかし》の地《ち》へ行《い》き、明石君《あかしのきみ》 ▼65ページ と出会《であ》う。

須磨《すま》ってどんなところ？

須磨《すま》は、貴族《きぞく》が身《み》を隠《かく》す場所《ばしょ》だった。瀬戸内海《せとないかい》が近《ちか》く、その波《なみ》や海風《うみかぜ》の音《おと》がさびしげに聞《き》こえて、京《きょう》への想《おも》いを刺激《しげき》する。

光源氏《ひかるげんじ》が須磨《すま》に行《い》ったわけ

光源氏《ひかるげんじ》は、政治的《せいじてき》に敵対《てきたい》していた右大臣《うだいじん》の娘《むすめ》と恋人《こいびと》どうしになってしまう。それを知《し》った右大臣《うだいじん》が激怒《げきど》。光源氏《ひかるげんじ》は身《み》の危険《きけん》を感《かん》じて須磨《すま》に身《み》を隠《かく》した。

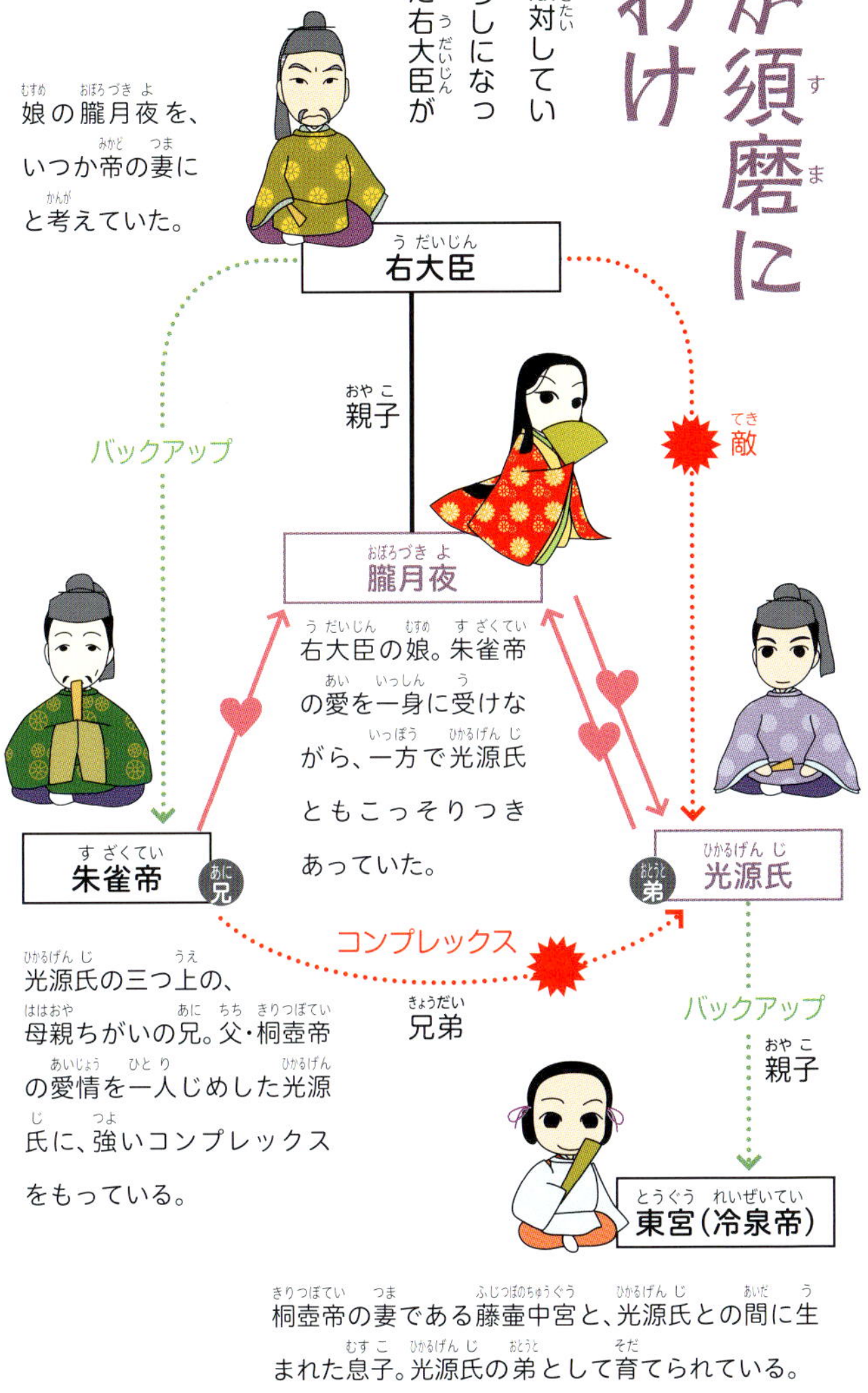

娘《むすめ》の朧月夜《おぼろづきよ》を、いつか帝《みかど》の妻《つま》にと考《かんが》えていた。
右大臣《うだいじん》
親子《おやこ》
敵《てき》
バックアップ
朧月夜《おぼろづきよ》
右大臣《うだいじん》の娘《むすめ》。朱雀帝《すざくてい》の愛《あい》を一身《いっしん》に受《う》けながら、一方《いっぽう》で光源氏《ひかるげんじ》ともこっそりつきあっていた。
朱雀帝《すざくてい》
兄《あに》
弟《おとうと》
光源氏《ひかるげんじ》
コンプレックス
光源氏《ひかるげんじ》の三《みっ》つ上《うえ》の、母親《ははおや》ちがいの兄《あに》。父《ちち》・桐壺帝《きりつぼてい》の愛情《あいじょう》を一人《ひとり》じめした光源《ひかるげん》氏《じ》に、強《つよ》いコンプレックスをもっている。
兄弟《きょうだい》
バックアップ
親子《おやこ》
東宮《とうぐう》（冷泉帝《れいぜいてい》）
桐壺帝《きりつぼてい》の妻《つま》である藤壺中宮《ふじつぼのちゅうぐう》と、光源氏《ひかるげんじ》との間《あいだ》に生《う》まれた息子《むすこ》。光源氏《ひかるげんじ》の弟《おとうと》として育《そだ》てられている。

用語解説《ようごかいせつ》

＊いとど……ひとしお。　＊心《こころ》づくし……ものを思《おも》わせる。もの思《おも》いにふける。　＊琴《きん》……七絃《しちげん》の琴《こと》。演奏《えんそう》がむずかしく、紫式部《むらさきしきぶ》の時代《じだい》には演奏《えんそう》されていなかった。王者《おうじゃ》（天皇《てんのう》）の楽器《がっき》とされる。　＊すごう……さびしい。寒々《さむざむ》しい。　＊おどろきて……目《め》をさまして。　＊あいなう……わけもなく。何《なに》をするというわけでもなく。

みたけど…
かえって さびしく なってやめた…
ポロローン
風《かぜ》の音《おと》が 私《わたし》の泣《な》く声《こえ》に 似《に》ているのは
私《わたし》を恋《こい》しがる 人《ひと》たちがいる 都《みやこ》から吹《ふ》く からかしら
お気《き》の毒《どく》だ
でも ご立派《りっぱ》だ
おいたわしい
うっうっう、
チーン

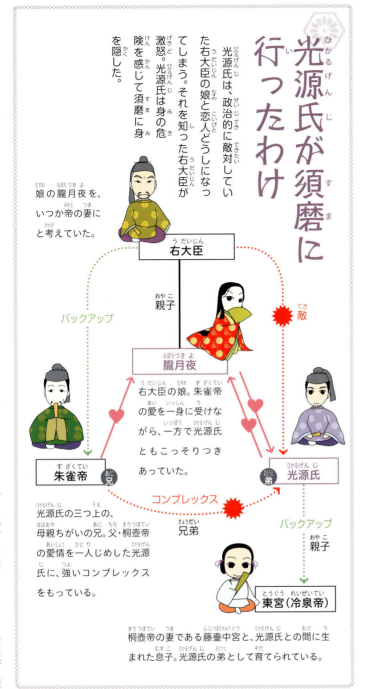

源氏物語《げんじものがたり》
第《だい》三十四帖《じょう》(第《だい》二部《ぶ》)

女三宮《おんなさんのみや》の恋《こい》

若菜上《わかなじょう》 ―几帳《きちょう》の際《きわ》すこし入《い》りたるほどに―

物語《ものがたり》

『源氏物語《げんじものがたり》』中盤《ちゅうばん》では、光源氏《ひかるげんじ》より下《した》の世代《せだい》、柏木《かしわぎ》と夕霧《ゆうぎり》が活躍《かつやく》する。柏木《かしわぎ》たちが庭《にわ》で蹴鞠《けまり》 ▼12ページ をするのを、光源氏《ひかるげんじ》の正妻《せいさい》である女三宮《おんなさんのみや》たちは御簾《みす》 ▼29ページ のかげからながめている。そこへ二ひきのねこが走《はし》り出《で》てきて、飼《か》いひもが引《ひ》っかかって御《み》簾《す》がめくれる。女房《にょうぼう》たちの姿《すがた》が男《おとこ》たちから見《み》えてしまうが、彼女《かのじょ》たちはそれに気《き》づかない……。

この場面《ばめん》のお話《はなし》

几帳《きちょう》 ▼25ページ の端《はし》から少《すこ》し奥《おく》まったところに、くつろいだかっこうで立《た》っている女性《じょせい》(女三宮《おんなさんのみや》)が見《み》えた。階段《かいだん》から西側《にしがわ》の二つ目《め》、東《ひがし》のすみにある部屋《へや》なので、何《なに》もじゃまするものがなく、はっきりと見《み》える。柏木《かしわぎ》の目《め》にうつるその人《ひと》は、紅梅重《こうばいがさ》ねの着物《きもの》を着《き》ていた。紅色《べにいろ》の濃《こ》いのや薄《うす》いのを何枚《なんまい》も重《かさ》ねた着物《きもの》が、まるで色《いろ》とりどりの色紙《いろがみ》を重《かさ》ねた本《ほん》のようではなやかだ。一番外側《いちばんそとがわ》に着《き》ているのは、桜模様《さくらもよう》の着物《きもの》だろう。髪《かみ》も毛先《けさき》まではっきり見《み》える。よった糸《いと》のようにゆらゆらとゆれ、毛先《けさき》がきれいに切《き》りそろって、とてもかわいらしい。髪《かみ》の長《なが》さは、背《せ》たけよりも二〇センチほども長《なが》い。着物《きもの》の裾《すそ》があまるほどに細《ほそ》くて小柄《こがら》で、体《からだ》つきや髪《かみ》がかかる横顔《よこがお》が、言葉《ことば》にならないほど上品《じょうひん》でかわいらしい。柏木《かしわぎ》は、夕暮《ゆうぐ》れどきで照明《しょうめい》も暗《くら》いのを、とても残念《ざんねん》に思《おも》われた。女房《にょうぼう》たちは、桜《さくら》の散《ち》るのもそっちのけで、男《おとこ》たちが蹴鞠《けまり》に夢中《むちゅう》になっ

原文《げんぶん》を読《よ》んでみよう

几帳《きちょう》の際《きわ》すこし入《い》りたるほどに、袿《うちき》姿《すがた》にて立《た》ちたまへ《(え)》る人《ひと》あり。階《はし》より西《にし》の二《に》の間《ま》の東《ひんがし》のそばなれば、紛《まぎ》れどころもなくあらは《(わ)》に見入《みい》れらる。紅梅《こうばい》にやあらむ《(ん)》、濃《こ》き薄《うす》きすぎすぎにあまた重《かさ》なりたるけぢ《(じ)》めはなやかに、草子《そうし》のつまのや《(よ)》うに見《み》えて、桜《さくら》の織物《おりもの》の細長《ほそなが》なるべし。御髪《みぐし》の裾《すそ》までけざやかに見《み》ゆるは、糸《いと》をよりかけたるや《(よ)》うになびきて、裾《すそ》のふさやかにそがれたる、いとうつくしげにて、七八寸《しちはちすん》ばかりぞあまりたまへ《(え)》る。御衣《おんぞ》の裾《すそ》がちに、いと細《ほそ》くささやかにて、姿《すがた》つき、髪《かみ》のかかりたまへ《(え)》るそばめ、いひ《(い)》知《し》らずあてにら《(ろ)》うたげなり。夕影《ゆうかげ》なれば、さやかならず奥暗《おくくら》き心地《ここち》

マンガで読《よ》む!

蹴鞠《けまり》をしてたら
フギャ
御簾《みす》の中《なか》から
大《おお》きなねこに追《お》いかけられて
シャー
子《こ》ねこが走《はし》り出《で》てきた
子《こ》ねこの首《くび》には長《なが》いひもがつないであって
ピラッ
ひもがからんで

するも、いと飽かず口惜し。鞠に身をなぐる若君達《わかきんだち》の、花《はな》の散《ち》るを惜《お》しみもあへ(え)ぬけしきどもを見《み》るとて、人々《ひとびと》、あらは(わ)をふともえ見《み》つけぬなるべし。猫《ねこ》のいたくなけば、見返《みかえ》りたまへ(え)る面《おも》もちもてなしなど、いとおいらかにて、若《わか》くうつくしの人《ひと》やとふと見《み》えたり。

ているのを見物するのにいそがしく、自分たちが丸見《まるみ》えなのに気《き》づいていない。ねこがひどく鳴《な》くのをふり返《かえ》る女性《じょせい》の顔《かお》つきや仕草《しぐさ》は、おっとりとして、柏木《かしわぎ》は「なんて若《わか》くてかわいい人《ひと》だ」と思《おも》った。

このお話《はなし》の続《つづ》きは……

柏木《かしわぎ》と女三宮《おんなさんのみや》は恋人《こいびと》どうしになり、女三宮《おんなさんのみや》は薫《かおる》▼67ページを生《う》む。光源氏《ひかるげんじ》は薫《かおる》を自分《じぶん》の子《こ》として育《そだ》てるが、事実《じじつ》を知《し》り、柏木《かしわぎ》にほのめかす。女三宮《おんなさんのみや》は出家《しゅっけ》し、柏木《かしわぎ》は病気《びょうき》になって死《し》ぬ。

女性《じょせい》はめったに立《た》たなかった？

この時代《じだい》の女性《じょせい》、特《とく》に位《くらい》の高《たか》い女性《じょせい》は、部屋《へや》の中《なか》では立《た》つことがほとんどなかった。室内《しつない》では、「膝行《しっこう》」といって、ひざで歩《ある》く方法《ほうほう》で移動《いどう》していた。

ねこに飼《か》いひもをつけていたの？

当時《とうじ》、中国《ちゅうごく》から来《き》たねこは貴族《きぞく》に人気《にんき》があって、ひもでつないで飼《か》われていた。犬《いぬ》も飼《か》われていたが、屋外《おくがい》で放《はな》し飼《が》いだった。

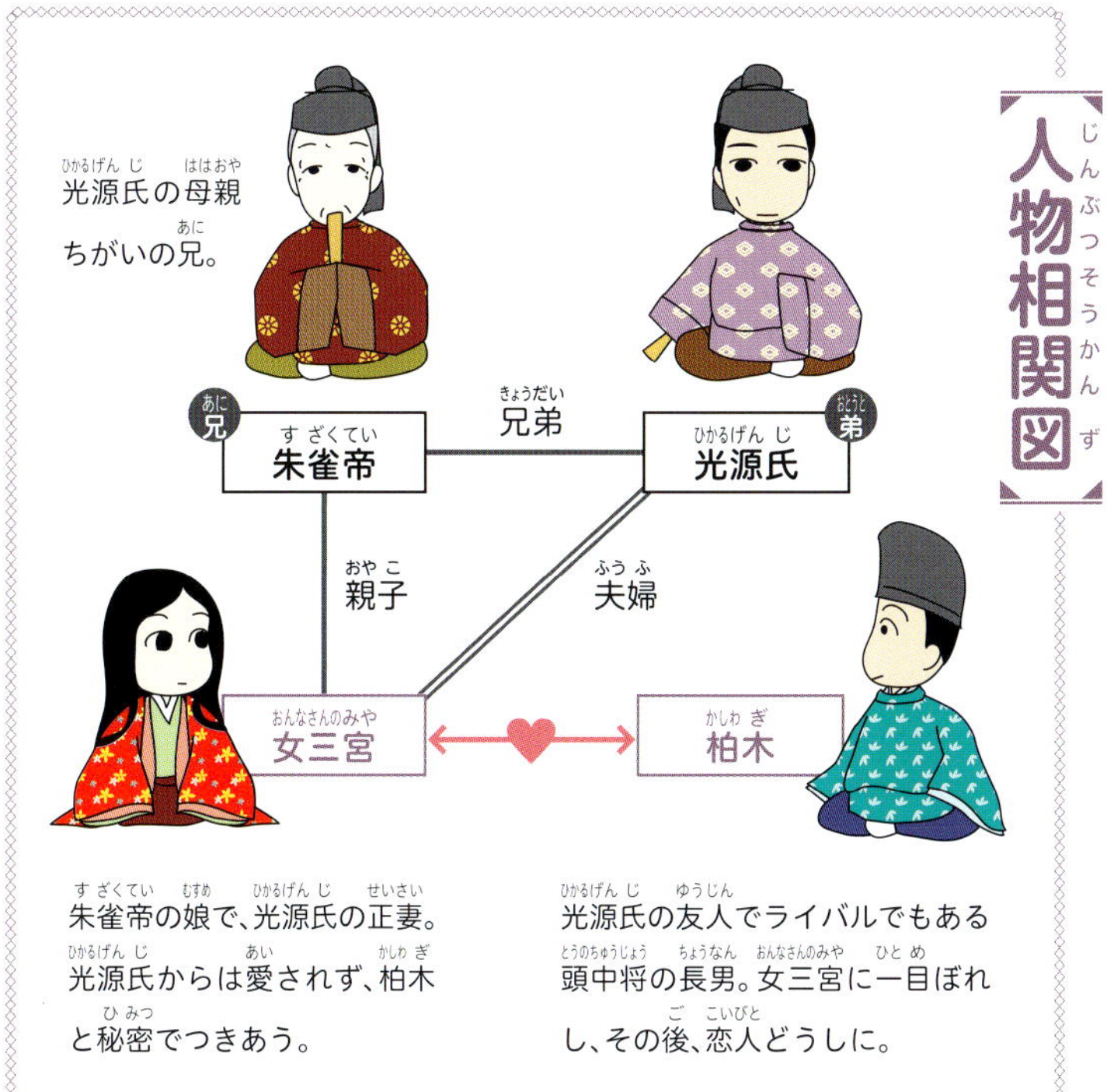
人物相関図《じんぶつそうかんず》
光源氏《ひかるげんじ》の母親《ははおや》ちがいの兄《あに》。
兄《あに》
朱雀帝《すざくてい》
兄弟《きょうだい》
弟《おとうと》
光源氏《ひかるげんじ》
親子《おやこ》
夫婦《ふうふ》
女三宮《おんなさんのみや》
柏木《かしわぎ》
朱雀帝《すざくてい》の娘《むすめ》で、光源氏《ひかるげんじ》の正妻《せいさい》。光源氏《ひかるげんじ》からは愛《あい》されず、柏木《かしわぎ》と秘密《ひみつ》でつきあう。
光源氏《ひかるげんじ》の友人《ゆうじん》でライバルでもある頭中将《とうのちゅうじょう》の長男《ちょうなん》。女三宮《おんなさんのみや》に一目《ひとめ》ぼれし、その後《ご》、恋人《こいびと》どうしに。

用語解説《ようごかいせつ》
*袿《うちき》……女房装束《にょうぼうしょうぞく》▼10ページから裳《も》や唐衣《からぎぬ》を上《うえ》に着《き》ない、くつろいだ姿《すがた》。 *階《はし》……寝殿《しんでん》の階段《かいだん》。 *そばめ……横顔《よこがお》。横《よこ》から見《み》る様子《ようす》。 *あてにらうたげなり……上品《じょうひん》でかわいらしい。 *さやかならず……はっきりしない。明《あか》るくない。 *身《み》をなぐる……夢中《むちゅう》になること。熱中《ねっちゅう》すること。 *おいらかにて……おっとりしている。

お姫様《ひめさま》が見《み》えた！
立《た》ってる！
これがまた上品《じょうひん》な
美少女《びしょうじょ》！
メッチャかわいい！
ドキーン

源氏物語《げんじものがたり》

第《だい》四十帖《じょう》（第《だい》二部《ぶ》）

光源氏《ひかるげんじ》と紫上《むらさきのうえ》の別《わか》れ

御法《みのり》 ―風《かぜ》すごく吹《ふ》き出《い》でたる夕暮《ゆうぐれ》に―

物語《ものがたり》

原文《げんぶん》を読《よ》んでみよう

風《かぜ》すごく吹《ふ》き出《い》でたる夕暮《ゆうぐれ》に、前栽《せんざい》見《み》たまふ《(う)》とて、脇息《きょうそく》によりゐ《(い)》たまへ《(え)》るを、院《いん》渡《わた》りて見《み》たてまつりたまひ《(い)》て、「今日《きょう》は、いとよく起《お》きゐ《(い)》たまふ《(う)》めるは。この御前《おんまえ》にては、こよなく御心《みこころ》もはればれしげなめりかし」と聞《き》こえたまふ《(う)》。かばかりの隙《ひま》あるをもいとうれしと思《おも》ひ《(い)》きこえたまへ《(え)》る御気色《みけしき》を見《み》たまふ《(う)》も心苦《こころぐる》しく、つひ《(い)》にいかに思《おぼ》し騒《さわ》がんと思《おも》ふ《(う)》に、あは《(わ)》れなれば、

おくと見《み》るほどぞはかなきともすれば　風《かぜ》にみだるる萩《はぎ》のうは《(わ)》露《つゆ》

げにぞ、折《お》れかへ《(え)》りとまるべうもあらぬ、よそへ《(え)》られたるをりさへ《(え)》忍《しの》びがたきを、見《み》出《い》だしたまひ《(い)》ても、

紫上《むらさきのうえ》の死《し》の場面《ばめん》。恋《こい》の多《おお》かった光源氏《ひかるげんじ》だが、十歳《さい》で見《み》いだし、のちに事実上《じじつじょう》の妻《つま》とした紫上《むらさきのうえ》のことは一番大切《いちばんたいせつ》に思《おも》っていた。二人《ふたり》は光源氏《ひかるげんじ》と明石君《あかしのきみ》の娘《むすめ》である明石中宮《あかしのちゅうぐう》を養女《ようじょ》として育《そだ》てていた。死《し》が近《ちか》い紫上《むらさきのうえ》を、光源氏《ひかるげんじ》と明石中宮《あかしのちゅうぐう》が見舞《みま》う。

この場面《ばめん》のお話《はなし》

風《かぜ》がさびしく吹《ふ》く夕方《ゆうがた》、紫上《むらさきのうえ》は庭《にわ》の草木《くさき》を見《み》ようと、ひじかけに寄《よ》りかかっていらっしゃった。その様子《ようす》を、部屋《へや》にやって来《き》た光源氏《ひかるげんじ》がご覧《らん》になって、「そんなふうに起《お》きていらっしゃるということは、今日《きょう》は体調《たいちょう》がよいのですね。明石中宮《あかしのちゅうぐう》の前《まえ》では、ご気分《きぶん》も晴《は》れるのでしょう」とおっしゃる。よろこぶ光源氏《ひかるげんじ》を見《み》ていると、紫上《むらさきのうえ》は自分《じぶん》が死《し》んだときの夫《おっと》のなげきを思《おも》って悲《かな》しくなり、歌《うた》を詠《よ》まれた。

〝萩《はぎ》の葉《は》の上《うえ》に見《み》える露《つゆ》は、はかなく消《き》えてしまうもの。風《かぜ》が吹《ふ》けば、すぐに散《ち》ってしまいます。〟

すると、本当《ほんとう》に歌《うた》のとおりに風《かぜ》が吹《ふ》き、萩《はぎ》の枝《えだ》があおられて、葉《は》の上《うえ》の露《つゆ》が今《いま》にもこぼれ落《お》ちそうになる。光源氏《ひかるげんじ》は、紫上《むらさきのうえ》の命《いのち》まで歌《うた》のとおりに消《き》えてしまいそうな気《き》がして、たまらなくなり、庭《にわ》を見《み》てこう詠《よ》まれた。

〝先《さき》を争《あらそ》って消《き》えていく露《つゆ》のように、どちらかが残《のこ》されたり先《さき》に行《い》ったりすることなく、二人《ふたり》でいっしょに消《き》えましょう。〟

詠《よ》みながら、光源氏《ひかるげんじ》は涙《なみだ》をぬぐうこともでき

マンガで読む！
今日《きょう》は少《すこ》し具合《ぐあい》がよさそうですね
やはり中宮《ちゅうぐう》のおかげかな
今《いま》だけでしょう やがて萩《はぎ》の葉《は》の上《うえ》の

ややもせば消えをあらそふ露の世に
おくれ先《さき》だつほど経《へ》ずもがな
とて、御涙《おんなみだ》を払《はら》ひ《(い)》あへ《(え)》たまは《(わ)》ず。

ずにいらっしゃる。

このお話《はなし》の続《つづ》きは……

間《ま》もなく紫上《むらさきのうえ》は亡《な》くなる。最愛《さいあい》の妻《つま》の紫《むらさきの》上《うえ》を亡《な》くした光源氏《ひかるげんじ》は、紫上《むらさきのうえ》の手紙《てがみ》をすべて焼《や》いてしまう。そして、生《い》きる望《のぞ》みを失《うしな》って出家《しゅっけ》をし、さびしい人生《じんせい》を送《おく》る。

どちらの歌《うた》にも「露《つゆ》」が入《はい》っているのはなぜ？

露《つゆ》は、はかない命《いのち》のたとえ。萩《はぎ》の上《うえ》の露《つゆ》は、紫上《むらさきのうえ》の命《いのち》が間《ま》もなく消《き》えてしまうことをあらわしている。

けんじ／PIXTA

萩《はぎ》は古《ふる》くから日本人《にほんじん》になじみの深《ふか》い花《はな》で、『万葉集《まんようしゅう》』にも萩《はぎ》を詠《よ》んだ歌《うた》が140首《しゅ》ほどある。「秋《あき》の七草《ななくさ》」の一つ。

人物相関図《じんぶつそうかんず》

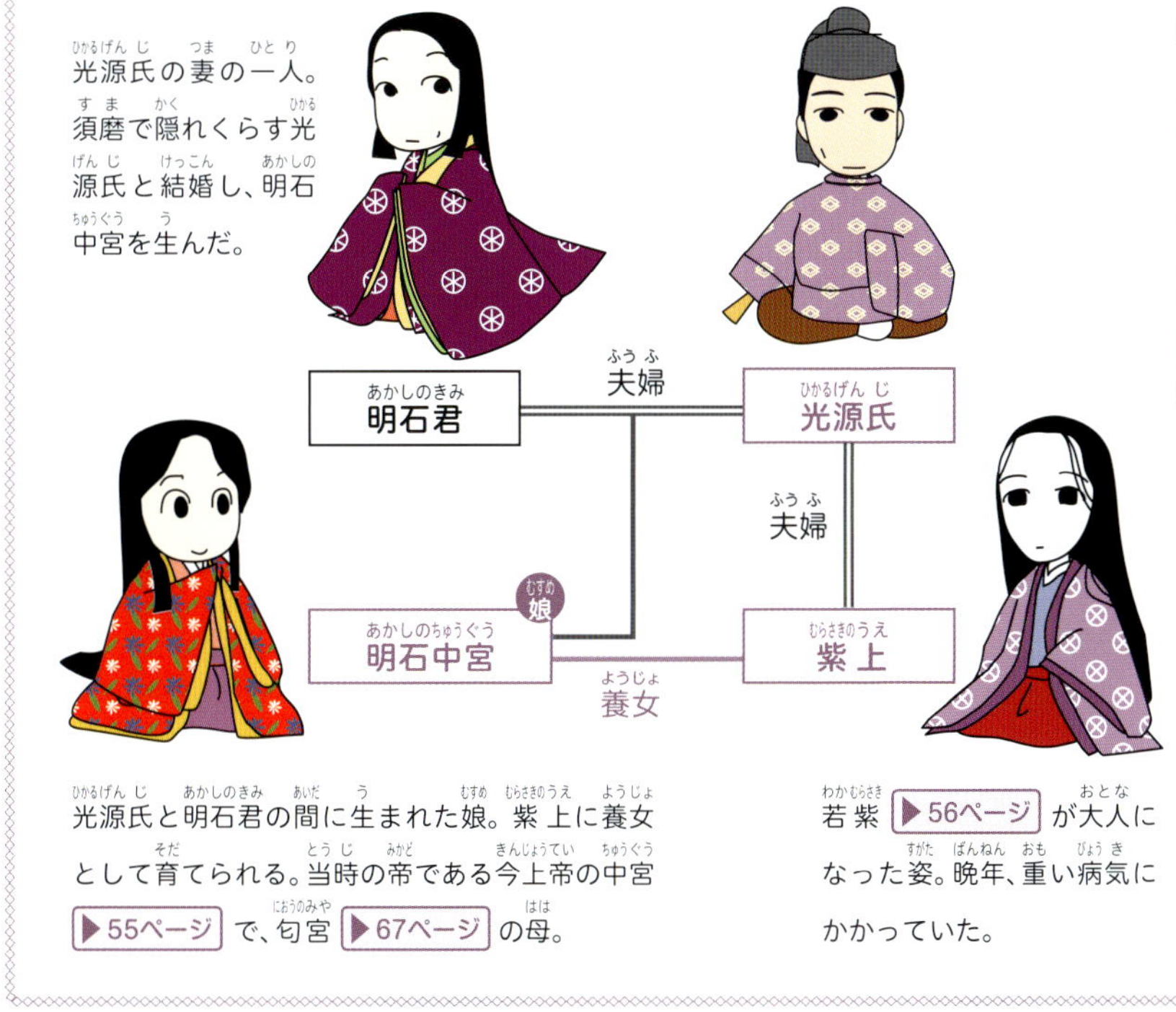
光源氏《ひかるげんじ》
明石君《あかしのきみ》
夫婦《ふうふ》
夫婦《ふうふ》
紫上《むらさきのうえ》
明石中宮《あかしのちゅうぐう》
娘《むすめ》
養女《ようじょ》
光源氏《ひかるげんじ》の妻《つま》の一人《ひとり》。須磨《すま》で隠《かく》れくらす光《ひかる》源氏《げんじ》と結婚《けっこん》し、明石《あかしの》中宮《ちゅうぐう》を生《う》んだ。
光源氏《ひかるげんじ》と明石君《あかしのきみ》の間《あいだ》に生《う》まれた娘《むすめ》。紫上《むらさきのうえ》に養女《ようじょ》として育《そだ》てられる。当時《とうじ》の帝《みかど》である今上帝《きんじょうてい》の中宮《ちゅうぐう》▶55ページ で、匂宮《におうのみや》▶67ページ の母《はは》。
若紫《わかむらさき》▶56ページ が大人《おとな》になった姿《すがた》。晩年《ばんねん》、重《おも》い病気《びょうき》にかかっていた。

いっしょに落《お》ちたい…
もう行《い》って…気分《きぶん》が悪《わる》いの…
ぐらり
そんな…
祈祷師《きとうし》をよべ！
お祈《いの》りのかいもなく夜明《よあ》けに紫上《むらさきのうえ》は亡《な》くなった…
ああ〜

用語解説《ようごかいせつ》

＊前栽《せんざい》……庭《にわ》の草木《くさき》。
＊脇息《きょうそく》……ひじかけ。
＊院《いん》……光源氏《ひかるげんじ》。このころ、光源氏《ひかるげんじ》は准太上天皇《じゅんだいじょうてんのう》（上皇《じょうこう》＝院《いん》）に。
＊かばかりの隙《ひま》あるを……この程度《ていど》のおだやかな時間《じかん》を。
＊つひにいかに思《おぼ》し騒《さわ》がん……自分《じぶん》が亡《な》くなったら光源氏《ひかるげんじ》がどんなに思《おも》いなげかれるだろうか。
＊おくと見《み》る……露《つゆ》が「置《お》く」と紫上《むらさきのうえ》自身《じしん》が「起《お》く」との掛詞《かけことば》。

源氏物語《げんじものがたり》

第《だい》五十一帖《じょう》（第《だい》三部《ぶ》）

浮舟《うきふね》 —いとはかなげなるものと—

浮舟《うきふね》をさそいだす匂宮《におうのみや》

物語《ものがたり》

『源氏物語《げんじものがたり》』終盤《しゅうばん》では、光源氏《ひかるげんじ》の子《こ》や孫《まご》の世代《せだい》、薫《かおる》と匂宮《におうのみや》が中心《ちゅうしん》となって活躍《かつやく》する。薫《かおる》が先《さき》に浮舟《うきふね》という女性《じょせい》とつきあうが、匂宮《におうのみや》も浮舟《うきふね》に恋《こい》をする。

原文《げんぶん》を読《よ》んでみよう

いとはかなげなるものと、明《あ》け暮《く》れ見出《みい》だす小《ちい》さき舟《ふね》に乗《の》りたまひ（い）て、さし渡《わた》りたまふ（う）ほど、遙《はる》かならむ（ん）岸《きし》にしも漕《こ》ぎ離《はな》れたらむ（ん）やう（よ）に心細《こころぼそ》くおぼえて、つとつきて抱《いだ》かれたるもいとら（ろ）うたしと思《おぼ》す。有明《ありあけ》の月澄《つきす》みのぼりて、水《みず》の面《おもて》も曇《くも》りなきに、「これなむ（ん）橘《たちばな》の小島《こじま》」と申《もう》して、御舟《おんふね》しばしさしとどめたるを見《み》たまへ（え）ば、大《おお》きやかなる岩《いわ》のさまして、されたる常磐木《ときわぎ》の影《かげ》しげれれり。「かれ見《み》たまへ（え）。いとはかなけれど、千年《ちとせ》も経《ふ》べき緑《みどり》の深《ふか》さを」とのたまひ（い）て、

年経《としふ》ともかはら（わ）むものか橘《たちばな》の
小島《こじま》のさきに契《ちぎ》る心《こころ》は

この場面《ばめん》のお話《はなし》

いつもたよりないと思《おも》いながらながめていた小舟《こぶね》に乗《の》って川《かわ》を渡《わた》っていくと、浮舟《うきふね》は、自分《じぶん》たちがはるか遠《とお》くに流《なが》されてしまう気《き》がして心細《こころぼそ》くなり、匂宮《におうのみや》にぴったりと体《からだ》をくっつけた。匂宮《におうのみや》はそんな浮舟《うきふね》を、とてもかわいくお思《おも》いになる。明《あ》け方《がた》の月《つき》が川面《かわも》をくもりなく照《て》らし、とても美《うつく》しい。船頭《せんどう》が「これが、あの橘《たちばな》の小島《こじま》でございます」といって、少《すこ》しの間《あいだ》、舟《ふね》を止《と》めたので、そちらをご覧《らん》になると、大《おお》きな岩《いわ》のような形《かたち》をした常緑樹《じょうりょくじゅ》が、青々《あおあお》としげっている。匂宮《におうのみや》は、浮舟《うきふね》に向《む》かって、「あれをご覧《らん》なさい。何《なん》てことのない木《き》だが、一〇〇〇年《ねん》も生《い》きるにちがいない緑《みどり》の深《ふか》さだ」とおっしゃり、歌《うた》を詠《よ》まれた。

〝何年《なんねん》経《た》っても、私《わたし》の心《こころ》はかわらない。この橘《たちばな》の小島《こじま》で交《か》わす、あなたとの約束《やくそく》は。〟

すると、浮舟《うきふね》もめったにない道行《みちゆき》のように思《おも》われて、

〝橘《たちばな》の小島《こじま》の色《いろ》はかわらないでしょうが、この浮舟《うきふね》のように、私《わたし》の身《み》はどこへ行《い》くのかわかりません。〟

と、歌《うた》を返《かえ》される。匂宮《におうのみや》は、この景色《けしき》にも、浮舟《うきふね》

マンガで読《よ》む！

この娘《むすめ》は
薫《かおる》の恋人《こいびと》だけど…
ホントに
かわいいなぁ
おお
あれが
橘《たちばな》の小島《こじま》で
ごぜえます
あの木《き》の緑《みどり》みたいに
ボクたちの愛《あい》も
永遠《えいえん》だよ
この方《かた》は
ホントに
ステキ…
でも私《わたし》は

女も、めづらしからむ道のやうにおぼえて、
**橘《たちばな》の小島《こじま》の色《いろ》はかはら《(わ)》じを
このうき舟《ふね》ぞゆくへ《(え)》知《し》られぬ**
をり《(お)》から、人《ひと》のさまに、をかしく《(お)》のみ、何《なに》ごとも思《おぼ》しなす。

の美しさにも、深く感動された。

このお話《はなし》の続《つづ》きは……

岸《きし》に着《つ》くと、匂宮《におうのみや》は浮舟《うきふね》を自分《じぶん》でかかえて親戚《しんせき》の家《いえ》に運《はこ》び入《い》れる。後日《ごじつ》、薫《かおる》と匂宮《におうのみや》との間《あいだ》で板《いた》ばさみになった浮舟《うきふね》は宇治川《うじがわ》に身《み》を投《な》げて自殺《じさつ》しようとするができず、出家《しゅっけ》する。薫《かおる》は手紙《てがみ》を送《おく》るも返事《へんじ》はもらえない。『源氏物語《げんじものがたり》』は、ここでとつぜん幕切《まくぎ》れとなる。

『源氏物語《げんじものがたり》』なのに光源氏《ひかるげんじ》が出《で》てこないの？

光源氏《ひかるげんじ》の死後《しご》は、物語《ものがたり》の主役《しゅやく》が光源氏《ひかるげんじ》の子《こ》や孫《まご》の世代《せだい》の薫《かおる》と匂宮《におうのみや》に交代《こうたい》となる。全部《ぜんぶ》で五十四帖《じょう》ある『源氏物語《げんじものがたり》』のラスト十帖《じょう》は、おもに京都《きょうと》の宇治《うじ》を舞台《ぶたい》にストーリーが展開《てんかい》するため、「宇治十帖《うじじゅうじょう》」とよばれる。物語《ものがたり》のメインは、薫《かおる》と匂宮《におうのみや》が一人《ひとり》の女性《じょせい》（浮舟《うきふね》）を取《と》りあう恋愛物語《れんあいものがたり》。

京都府宇治市《きょうとふうじし》にある紫式部《むらさきしきぶ》の像《ぞう》。宇治川《うじがわ》にかかる橋《はし》のそばに置《お》かれている。

写真協力：宇治市

人物相関図《じんぶつそうかんず》

光源氏《ひかるげんじ》と女三宮《おんなさんのみや》の息子《むすこ》として育《そだ》つが、本当《ほんとう》の父《ちち》は柏木《かしわぎ》。自分《じぶん》の出生《しゅっせい》の秘密《ひみつ》になやむ。生《う》まれつき、体《からだ》からよい香《かお》りがする。

光源氏《ひかるげんじ》の孫《まご》。自由奔放《じゆうほんぽう》で美《うつく》しく、女性《じょせい》にもてる。薫《かおる》と幼《おさな》なじみの親友《しんゆう》でライバル。衣服《いふく》にお香《こう》をつけて、よい香《かお》りをさせている。

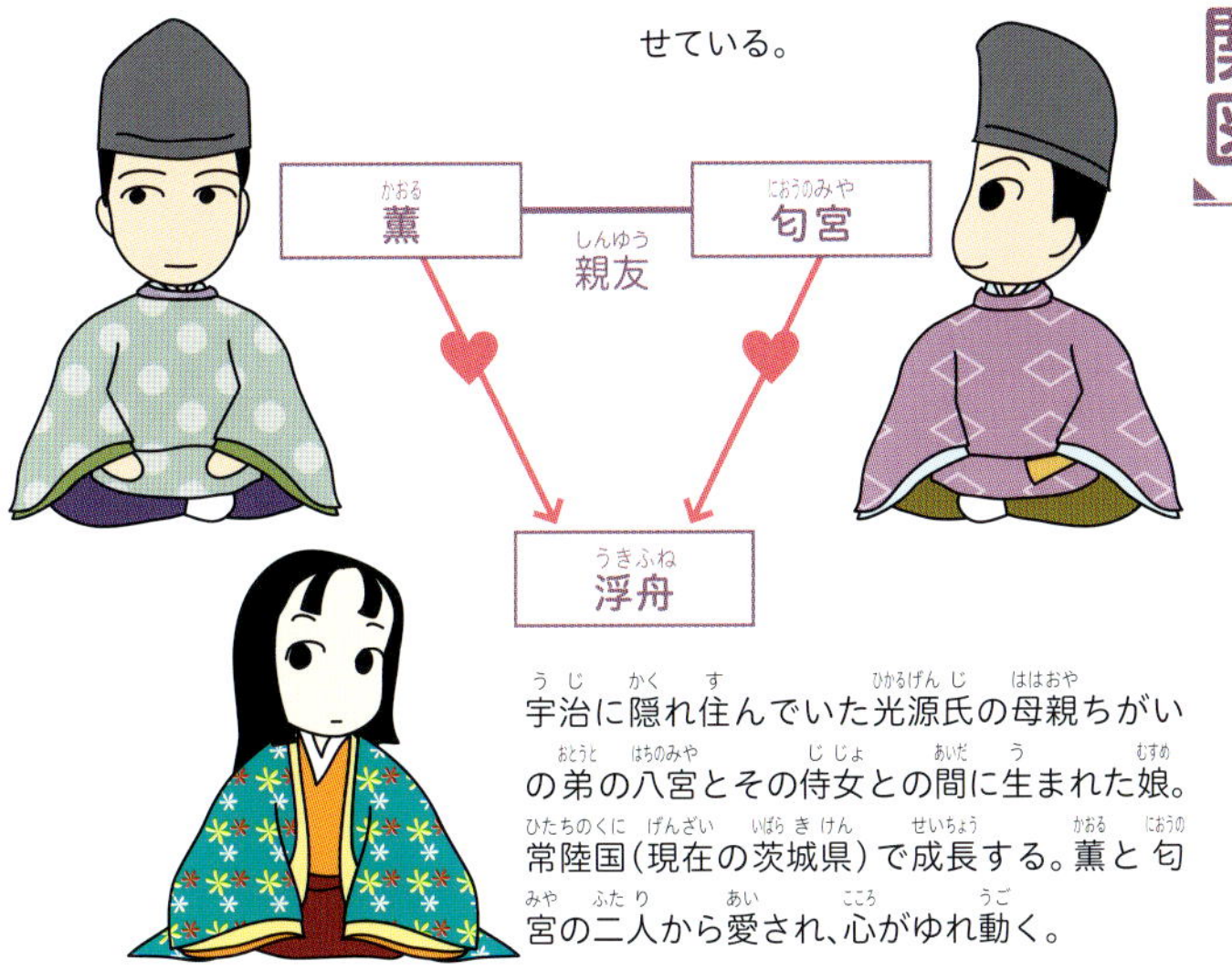

宇治《うじ》に隠《かく》れ住《す》んでいた光源氏《ひかるげんじ》の母親《ははおや》ちがいの弟《おとうと》の八宮《はちのみや》とその侍女《じじょ》との間《あいだ》に生《う》まれた娘《むすめ》。常陸国《ひたちのくに》（現在《げんざい》の茨城県《いばらきけん》）で成長《せいちょう》する。薫《かおる》と匂宮《におうのみや》の二人《ふたり》から愛《あい》され、心《こころ》がゆれ動《うご》く。

用語解説《ようごかいせつ》
＊はかなげなる……たよりない。　＊つとつきて……ぴったりよりそって。　＊らうたし……かわいらしい。　＊有明《ありあけ》の月《つき》……明《あ》け方《がた》の月《つき》。
＊をかしくのみ……ここでは、浮舟《うきふね》の歌《うた》にこめられた不安《ふあん》からは目《め》をそらして、ということ。

『竹取物語《たけとりものがたり》』

おとぎ話《ばなし》『かぐや姫《ひめ》』として現代《げんだい》まで親《した》しまれている、日本最古《にほんさいこ》の物語《ものがたり》。竹《たけ》から生《う》まれる女《おんな》の子《こ》、月《つき》に住《す》む天人《てんにん》、天《あま》の羽衣《はごろも》、不死《ふし》の薬《くすり》……など、昔《むかし》の人《ひと》の豊《ゆた》かな想像力《そうぞうりょく》におどろかされます。

十世紀初《せいきはじ》め（九〇〇年《ねん》ごろ）につくられた、日本最古《にほんさいこ》の物語《ものがたり》といわれている。作者《さくしゃ》は不明《ふめい》。物語《ものがたり》の名前《なまえ》は『源氏物語《げんじものがたり》』にも出《で》てくる。

竹取《たけとり》のおじいさんが、光《ひか》る竹《たけ》の中《なか》からかぐや姫《ひめ》を見《み》つけ、おばあさんと愛情《あいじょう》いっぱいに育《そだ》てる。美《うつく》しく育《そだ》ったかぐや姫《ひめ》は、たくさんの男性《だんせい》からプロポーズされるが、無理《むり》ばかりいって断《ことわ》り続《つづ》ける。やがて、故郷《こきょう》の月《つき》からむかえが来《き》て、かぐや姫《ひめ》は月《つき》の世界《せかい》へ帰《かえ》ってしまう、というストーリー。

「人間界《にんげんかい》の外《そと》から主人公《しゅじんこう》がやって来《く》る」「古《ふる》くから伝《つた》わる地名《ちめい》の由来《ゆらい》を説明《せつめい》する」といったおとぎ話的《ばなしてき》な要素《ようそ》と、「美《うつく》しい娘《むすめ》が貴族《きぞく》や帝《みかど》に見初《みそ》められ、求婚《きゅうこん》を受《う》ける」などの現実的《げんじつてき》な要素《ようそ》がからみあい、すぐれたファンタジー作品《さくひん》に仕上《しあ》がっている。

作品名：竹取物語絵巻　所蔵先：国立国会図書館
月《つき》に帰《かえ》っていくかぐや姫《ひめ》がえがかれた『竹取物語絵巻《たけとりものがたりえまき》』。

登場人物紹介《とうじょうじんぶつしょうかい》

天人《てんにん》

月《つき》の世界《せかい》の人《ひと》たち。かぐや姫《ひめ》を月《つき》の世界《せかい》に連《つ》れ帰《かえ》るため、不死《ふし》の薬《くすり》と天《あま》の羽衣《はごろも》を持《も》って、人間界《にんげんかい》にやってきた。

かぐや姫《ひめ》

竹《たけ》の中《なか》から生《う》まれた女《おんな》の子《こ》。竹《たけ》のように短期間《たんきかん》ですくすくと育《そだ》ち、美人《びじん》になる。実《じつ》は、月《つき》の世界《せかい》で罪《つみ》を犯《おか》し、そのバツとして人間界《にんげんかい》に落《お》とされていた。

翁《おきな》 → 育《そだ》てる → かぐや姫《ひめ》

竹取《たけとり》のおじいさん。山《やま》で竹《たけ》を取《と》ってきて、竹細工《たけざいく》をつくって生活《せいかつ》している。ある日《ひ》、かぐや姫《ひめ》を見《み》つけ、家《いえ》に連《つ》れ帰《かえ》る。

帝《みかど》

時《とき》の天皇《てんのう》。かぐや姫《ひめ》に求婚《きゅうこん》する。かぐや姫《ひめ》を月《つき》に帰《かえ》らせないように、家来《けらい》を2000人《にん》も集《あつ》めて天人《てんにん》を追《お》いはらおうとする。

五人《にん》の求婚者《きゅうこんしゃ》

かぐや姫《ひめ》に結婚《けっこん》を申《もう》しこんだ貴公子《きこうし》たち。実在《じつざい》のモデルがいるともいわれている。

結婚《けっこん》したくないかぐや姫《ひめ》は、彼《かれ》らにこの世《よ》に存在《そんざい》しない宝物《たからもの》を持《も》ってくるようにいう。

- 石作皇子《いしづくりのみこ》には……仏《ほとけ》の御石《みいし》の鉢《はち》
- 車持皇子《くらもちのみこ》には……蓬莱《ほうらい》の玉《たま》の枝《えだ》
- 右大臣《うだいじん》阿部御主人《あべのみうし》には……火鼠《ひねずみ》の皮衣《かわぎぬ》
- 大納言《だいなごん》大伴御行《おおとものみゆき》には……竜《たつ》の首《くび》の珠《たま》
- 中納言《ちゅうなごん》石上麻呂《いそのかみのまろ》には……燕《つばめ》の子安貝《こやすがい》

宝物《たからもの》ってどんなもの？

「仏《ほとけ》の御石《みいし》の鉢《はち》」は、おしゃか様《さま》が使《つか》ったとされる鉢《はち》。「蓬莱《ほうらい》の玉《たま》の枝《えだ》」は、金銀《きんぎん》や真珠《しんじゅ》でできた木《き》の枝《えだ》。「火鼠《ひねずみ》の皮衣《かわぎぬ》」は、火《ひ》をつけても燃《も》えない不思議《ふしぎ》な毛皮《けがわ》。「竜《たつ》の首《くび》の珠《たま》」は、竜《りゅう》のあごの下《した》にある五色《しき》の玉《たま》。「燕《つばめ》の子安貝《こやすがい》」は、燕《つばめ》が卵《たまご》を生《う》むときに出《で》てくるとされる貝《かい》。

五人《にん》はどうにかこれらを用意《ようい》しようとしたが、にせものがばれたり、手《て》に入《い》れようと無茶《むちゃ》をするあまり死《し》にかけたりして、だれも成功《せいこう》しなかった。

「富士山《ふじさん》」は竹取物語《たけとりものがたり》から名《な》づけられた!?

月《つき》に帰《かえ》ったかぐや姫《ひめ》を忘《わす》れられない帝《みかど》は、天《てん》に一番近《いちばんちか》い山《やま》の頂上《ちょうじょう》まで登《のぼ》り、かぐや姫《ひめ》が残《のこ》した手紙《てがみ》と「不死《ふし》の薬《くすり》」を燃《も》やすようにと、家来《けらい》に命《めい》じる。不死《ふし》の薬《くすり》を燃《も》やした山《やま》なので、「富士《ふじ》の山《やま》」とよぶようになったと、物語《ものがたり》の最《さい》後《ご》には書《か》かれている。

竹取物語《たけとりものがたり》

天《てん》へと帰《かえ》っていくかぐや姫《ひめ》

かぐや姫《ひめ》の昇天《しょうてん》

ーかくあまたの人《ひと》を賜《たま(い)》ひてー

物語《ものがたり》

とうとう天人《てんにん》たちが、かぐや姫《ひめ》を連《つ》れもどしにやってきた。天人《てんにん》たちは、かぐや姫《ひめ》に「不死《ふし》の薬《くすり》」をなめさせたうえ、着《き》ると心《こころ》が天人《てんにん》にかわる「天《あま》の羽衣《はごろも》」を着《き》せようとした。かぐや姫《ひめ》は、人間《にんげん》の心《こころ》を失《うしな》ってしまう前《まえ》にと、帝《みかど》への最後《さいご》の手紙《てがみ》をしたためる。

原文《げんぶん》を読《よ》んでみよう

かくあまたの人《ひと》を賜《たま(い)》ひて、とどめさせたまへ《(え)》ど、許《ゆる》さぬ迎《むか(え)》へ《(も)》まうで来《き》て、取《と》り率《い》てまかりぬれば、口惜《くちお》しく悲《かな》しきこと。宮仕《みやづか(え)》へ仕《つこ》うまつらずなりぬるも、かくわづ《(ず)》らは《(わ)》しき身《み》にてはべればこそ。心得《こころえ》ず思《おぼ》しめされつらめども。心強《こころつよ》くうけたまは《(わ)》らずなりにしこと、なめげなるものに思《おぼ》しめしとどめられぬるなむ《(ん)》、心《こころ》にとまりはべりぬる。

とて、

今《いま》はとて天《あま》の羽衣《はごろも》着《き》るをり《(お)》ぞ
君《きみ》をあは《(わ)》れと思《おも》ひ《(い)》いでける

とて、壺《つぼ》の薬《くすり》そへ《(え)》て、頭中将《とうのちゅうじょう》よび寄《よ》せて奉《たてまつ》らす。中将《ちゅうじょう》に、天人《てんにん》とりて伝《つた》ふ《(う)》。中将《ちゅうじょう》とり

この場面《ばめん》のお話《はなし》

「こんなにたくさんの家来《けらい》を使《つか》って、私《わたし》を地上《ちじょう》に留《とど》めようとしてくださいましたが、それを許《ゆる》さないむかえが来《き》て、私《わたし》を連《つ》れ帰《かえ》ろうとしますので、残念《ざんねん》で悲《かな》しく思《おも》います。帝《みかど》のおそばにお仕《つか》えできなかったのも、このようなややこしい事情《じじょう》があったからです。きっと、わけがわからないとお思《おも》いだったでしょうが……。私《わたし》が帝《みかど》のお気持《きも》ちを受《う》け入《い》れなかったのを、憎《にく》らしく思《おも》われていることが、今《いま》も心残《こころのこ》りです」

と書《か》いたあと、

〝天《あま》の羽衣《はごろも》を着《き》ようとしている今《いま》も、私《わたし》はあなた様《さま》のことをしみじみと思《おも》いだしております〟

と歌《うた》をそえた。そして、頭中将《とうのちゅうじょう》をよび寄《よ》せて、薬《くすり》の壺《つぼ》といっしょにあずけようとした。

つれば、ふと天の羽衣うち着せたてまつりつれば、翁《おきな》を、いとほし（お）、かなしと思《おぼ》しつることも失《う》せぬ。この衣着《きぬき》つる人《ひと》は、物思《ものおも》ひ（い）なくなりにければ、車《くるま》に乗《の》りて、百人《ひゃくにん》ばかり天人具《てんにんぐ》して、のぼりぬ。

かぐや姫が手わたそうとしたものを天人がとり、中将《ちゅうじょう》に受《う》けわたす。中将《ちゅうじょう》が手紙《てがみ》と薬《くすり》を受《う》けとると、天人《てんにん》はかぐや姫《ひめ》にさっと天《あま》の羽衣《はごろも》を着《き》せた。すると、育《そだ》ててくれた翁《おきな》を「気《き》の毒《どく》だ、いとおしい」と思《おも》っていた気持《きも》ちも、たちまち全部《ぜんぶ》消《き》えてしまった。この羽衣《はごろも》を着《き》た人《ひと》は、地《ち》上《じょう》の人《ひと》のように思《おも》いなやむことがなくなるのだった。かぐや姫《ひめ》は天上界《てんじょうかい》行《い》きの車《くるま》に乗《の》って、一〇〇人《にん》もの天人《てんにん》を連《つ》れて、天《てん》にのぼっていってしまった。

不死《ふし》の薬《くすり》や天《あま》の羽衣《はごろも》なんて信《しん》じられない！

昔《むかし》の中国《ちゅうごく》では、不死《ふし》の薬《くすり》を飲《の》んだり、特別《とくべつ》な訓練《くんれん》をしたりすると、不老長寿《ふろうちょうじゅ》の人間《にんげん》（仙人《せんにん》）になれると信《しん》じられていた。これを「神仙思想《しんせんしそう》」という。『竹取物語《たけとりものがたり》』にも、不死《ふし》の薬《くすり》や天《あま》の羽衣《はごろも》が出《で》てくることから、神仙思想《しんせんしそう》をもとに書《か》かれた物語《ものがたり》だとわかる。

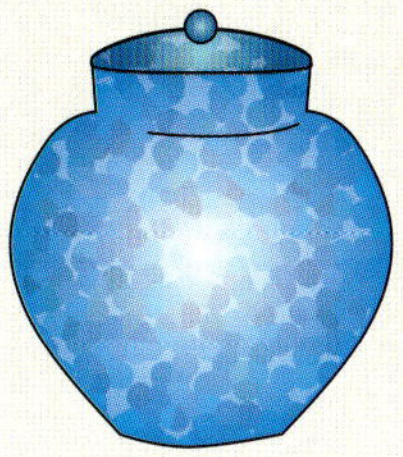

月《つき》に住《す》んでいるのはウサギじゃないか？

月《つき》には天上界《てんじょうかい》があり、高度《こうど》な精神《せいしん》をもつ天人《てんにん》が住《す》むと考《かんが》えられていた。天人《てんにん》は神《かみ》にあたる存在《そんざい》で、人間《にんげん》がもつような感《かん》情《じょう》はもたない。かぐや姫《ひめ》も、羽衣《はごろも》を着《き》て天人《てんにん》にもどると人間《にんげん》の心《こころ》がなくなってしまう。この物語《ものがたり》では、地上《ちじょう》の人間《にんげん》がもつあたたかい感情《かんじょう》のすばらしさも読《よ》みとれる。

こんなに大勢《おおぜい》の人《ひと》をよこして留《とど》めようとしてくださったけどダメでした残念《ざんねん》です…
宮仕《みやづか》えができなかったのはふつうの人《ひと》とはちがって天人《てんにん》だったからです
怒《おこ》らせてしまって悲《かな》しかった…
手紙《てがみ》をわたして羽衣《はごろも》を着《き》ればもうすっかり天人《てんにん》の仲間《なかま》…
ふわり
え？ 別《わか》れ？ べつにかなしくないし
天《てん》にのぼってしまいました
さようなら…

用語解説《ようごかいせつ》

＊あまた……たくさん。　＊わづらはしき……心《こころ》なやますような。めんどうな。　＊なめげなるもの……無礼《ぶれい》で腹《はら》だたしいもの。　＊あはれ……しみじみと。　＊いとほし、かなし……気《き》の毒《どく》だ。いとおしい。　＊物思《ものおも》ひ……思《おも》いわずらうこと。　＊具《ぐ》して……（天人《てんにん》を）引《ひ》きつれて。

『堤中納言物語《つつみちゅうなごんものがたり》』

個性豊《こせいゆた》かな十話《わ》の物語《ものがたり》をおさめた短編集《たんぺんしゅう》。登場人物《とうじょうじんぶつ》は貴族《きぞく》の男女《だんじょ》ばかりですが、お高《たか》くとまったところはなく、くすっと笑《わら》えるお話《はなし》がそろっています。

平安時代《へいあんじだい》の中《なか》ごろから終《お》わりにかけて書《か》かれたとされる作品《さくひん》。短《みじか》い物語《ものがたり》を十話《わ》集《あつ》めてある。「逢坂越《おうさかこ》えぬ権中納言《ごんちゅうなごん》」（一〇五五年《ねん》ごろに書《か》かれた）の作者《さくしゃ》は小式部《こしきぶ》だが、それ以外《いがい》は不明《ふめい》。おそらく、それぞれ別《べつ》の作者《さくしゃ》によって書《か》かれたものを、一冊《さつ》にまとめたと考《かんが》えられている。

蝶《ちょう》より毛虫《けむし》を愛《あい》する姫君《ひめぎみ》の話《はなし》（虫《むし》めづる姫君《ひめぎみ》▼74ページ）や、おばあさんと姫君《ひめぎみ》をまちがえて大失敗《だいしっぱい》する男《おとこ》の話《はなし》（花桜折《はなざくらお》る少将《しょうしょう》）など、ユーモアのあるストーリーが多《おお》い。

一話《わ》一話《わ》が短《みじか》く、全体《ぜんたい》でも四〇〇字《じ》詰《づ》めの原稿用紙《げんこうようし》にして八〇枚《まい》ほどにしかならない。中編《ちゅうへん》・長編《ちょうへん》が多《おお》い平安《へいあん》時代《じだい》の物語作品《ものがたりさくひん》の中《なか》では、内容《ないよう》でも量《りょう》でもほかにあまり例《れい》のない存在《そんざい》である。

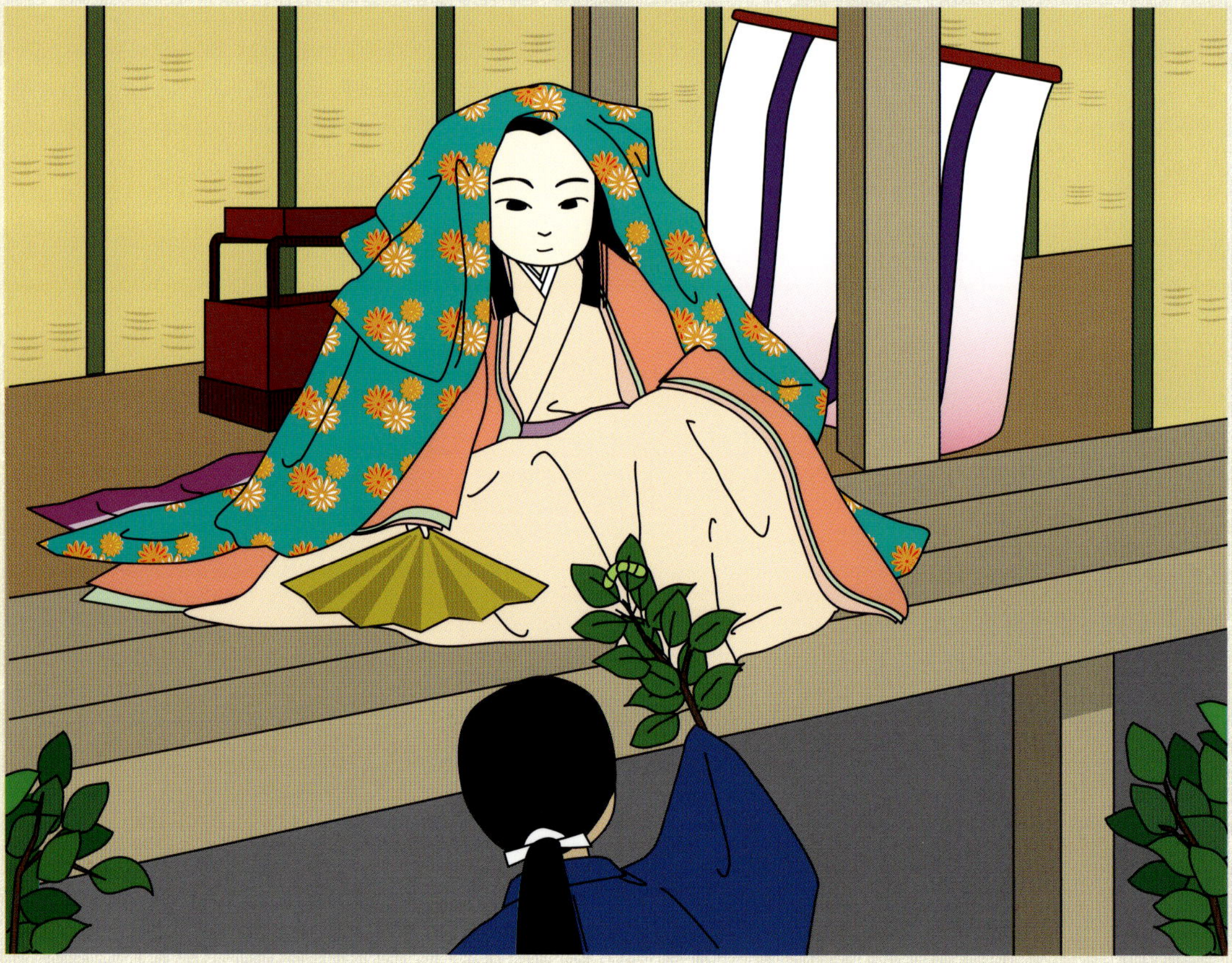

どんなお話が書かれているのか？

『堤中納言物語《つつみちゅうなごんものがたり》』におさめられているお話《はなし》のあらすじを紹介《しょうかい》します。

花桜折《はなざくらお》る少将《しょうしょう》

プレイボーイの少将《しょうしょう》が、ある夜《よる》、かわいい姫君《ひめぎみ》をさらってくる。ところが、朝《あさ》になってみると、それは姫君《ひめぎみ》ではなく、年老《としお》いた乳母《めのと》だった。

虫《むし》めづる姫君《ひめぎみ》

▼74ページ

虫《むし》が大好《だいす》きなかわり者《もの》の姫君《ひめぎみ》の話《はなし》。こわがる女房《にょうぼう》▼11ページたちを気《き》にもとめず、毛虫《けむし》を手《て》にのせたり、虫《むし》たちに名《な》前《まえ》をつけたりして遊《あそ》ぶ。

貝合《かいあわせ》

母《はは》を亡《な》くした姫君《ひめぎみ》が、貝合《かいあわせ》▼12ページの勝負《しょうぶ》で義理《ぎり》の姉《あね》からいじめられている。その様子《ようす》を見《み》た少将《しょうしょう》が、姫君《ひめぎみ》を勝《か》たせるため作戦《さくせん》を練《ね》る。

ほどほどの懸想《けそう》

身分《みぶん》ちがいの恋《こい》をテーマにした三つの話《はなし》。三人《にん》の男性《だんせい》がそれぞれになやんだり、ラブレターを送《おく》ったりする純愛《じゅんあい》の話《はなし》。

思《おも（わ）》はぬ方《かた》にとまりする少将《しょうしょう》

父《ちち》の大納言《だいなごん》▼9ページを亡《な》くした姉妹《しまい》の話《はなし》。姉君《あねぎみ》のもとには少将《しょうしょう》が、妹君《いもうとぎみ》のもとには権少将《ごんしょうしょう》が通《かよ》ってくるが、若《わか》い女房《にょうぼう》のミスで、相手《あいて》が入《い》れちがってしまう。

逢坂越《おうさかこ》えぬ権中納言《ごんちゅうなごん》

理想《りそう》の男《おとこ》ナンバーワンといわれる権中《ごんちゅう》納言《なごん》▼9ページが、どうしても思《おも》いのとどかない姫君《ひめぎみ》に片思《かたおも》いして、ふられる話《はなし》。

このついで

お香《こう》をテーマにした三つの話《はなし》が、中将《ちゅうじょう》、中納言《ちゅうなごん》、少将《しょうしょう》の三人《にん》によって語《かた》られる。和歌《わか》を中心《ちゅうしん》にした歌物語《うたものがたり》▼13ページ。

はなだの女御《にょうご》

宮中《きゅうちゅう》から里帰《さとがえ》りしてきた貴族《きぞく》の姉妹《しまい》が、自分《じぶん》たちのお仕《つか》えする妃《きさき》（女御《にょうご》▼55ページなど）のうわさ話《ばなし》をしている。それを、のぞき見《み》する男《おとこ》の視点《してん》で語《かた》る。

はいずみ

新《あたら》しい妻《つま》を家《いえ》にむかえることになり、もとの妻《つま》はそっと家《いえ》を出《で》ていく。もとの妻《つま》の優《やさ》しさを知《し》った男《おとこ》は、もとの妻《つま》を再《ふたた》び愛《あい》することに。

よしなごと

遊《あそ》び人《にん》のお坊《ぼう》さんと親《した》しくする姫君《ひめぎみ》にあてて、姫君《ひめぎみ》の師匠《ししょう》にあたるお坊《ぼう》さんが書《か》いた、ちょっと風《ふう》がわりな手紙《てがみ》の話《はなし》。

用語解説《ようごかいせつ》　＊乳母《めのと》……母親《ははおや》にかわって幼児《ようじ》を育《そだ》てる女《おんな》の人《ひと》。また、育《そだ》てたあとも世話《せわ》をしつづけている女《おんな》の人《ひと》。

堤中納言物語《つつみちゅうなごんものがたり》

遊《あそ》び相手《あいて》は虫《むし》と男《おとこ》の子《こ》 虫《むし》めづる姫君《ひめぎみ》

―若《わか》き人々《ひとびと》はおぢ《(じ)》惑《まど》ひ《(い)》ければ―

物語《ものがたり》

原文《げんぶん》を読《よ》んでみよう

若《わか》き人々《ひとびと》はおぢ《(じ)》惑《まど》ひ《(い)》ければ、男《お》の童《わらは》の、ものおぢ《(じ)》せず、いふ《(い)》かひなきを召《め》し寄《よ》せて、箱《はこ》の虫《むし》どもを取《と》らせ、名《な》を問《と》ひ《(い)》聞《き》き、いま新《あたら》しきには名《な》をつけて、興《きょう》じたまふ《(う)》。

「人《ひと》はすべて、つくろふ《(う)》ところあるはわろし」とて、眉《まゆ》さらに抜《ぬ》きたまは《(わ)》ず。歯黒《はぐろ》め、「さらにうるさし、きたなし」とて、つけたまは《(わ)》ず、いと白《しら》らかに笑《え》みつつ、この虫《むし》どもを、朝夕《あしたゆうべ》に愛《あい》したまふ《(う)》。人々《ひとびと》おぢ《(じ)》わびて逃《に》ぐれば、その御方《おんかた》は、いとあやしくなむ《(ん)》ののしりける。かくおづ《(ず)》る人をば、「けしからず、ばう《(ぼ)》ぞくなり」とて、いと眉黒《まゆぐろ》にてなむ《(ん)》睨《にら》みたまひ《(い)》けるに、いとど心地《ここち》

このお話《はなし》のはじまりは……

按察使《あぜち》(地方行政《ちほうぎょうせい》の監督《かんとく》をする役職《やくしょく》)の大《だい》納言《なごん》▼9ページの姫君《ひめぎみ》はかわり者《もの》。「みんなは花《はな》や蝶《ちょう》ばかりかわいがるけれど、そんなのばからしい。人間《にんげん》、誠意《せいい》をもって、ものの見《み》た目《め》じゃなく本質《ほんしつ》を知《し》ろうとするのが大切《たいせつ》だわ」といって、いろいろな気持《きも》ちの悪《わる》い虫《むし》を集《あつ》めてきては虫《むし》かごに入《い》れ、その変化《へんか》を観察《かんさつ》している。中《なか》でも毛虫《けむし》がお気《き》に入《い》りで、「深《ふか》いことを考《かんが》えていそうなところがグッとくるのよ」と、手《て》のひらにのせてじっと見守《みまも》っている。

この場面《ばめん》のお話《はなし》

若《わか》い女房《にょうぼう》▼11ページたちはこわがって近《ちか》づかないので、男《おと》の子《こ》たちをどこからともなく集《あつ》めてきては、箱《はこ》の中《なか》の虫《むし》をとりださせて、名前《なまえ》をたずねたり、新《あたら》しい虫《むし》には名前《なまえ》をつけたりして、遊《あそ》んでいらっしゃる。

「人間《にんげん》はすべて、ありのままがいいの」といって、ふつうの女性《じょせい》のようには眉毛《まゆげ》も抜《ぬ》こうとせず、お歯黒《はぐろ》も「まったくめんどうだわ。それにきたないし」といって、おつけにならない。それで、まっ白《しろ》な歯《は》を見《み》せて笑《わら》っていらっしゃる。

なむ惑ひける。

きりっとした眉毛《まゆげ》も白《しろ》い歯《は》も、いいことじゃないの？

この時代《じだい》の女性《じょせい》は、年《とし》ごろになると眉毛《まゆげ》をすべて抜《ぬ》き、顔《かお》にはおしろいをぬって、額《ひたい》の高《たか》い位置《いち》に丸《まる》く二つの眉《まゆ》をかいた。歯《は》には、「鉄漿《かね》」という、鉄《てつ》を酸化《さんか》させた、まっ黒《くろ》な液体《えきたい》をぬっていた。これが、女性《じょせい》としての身《み》だしなみだった。

平安時代《へいあんじだい》のお化粧《けしょう》

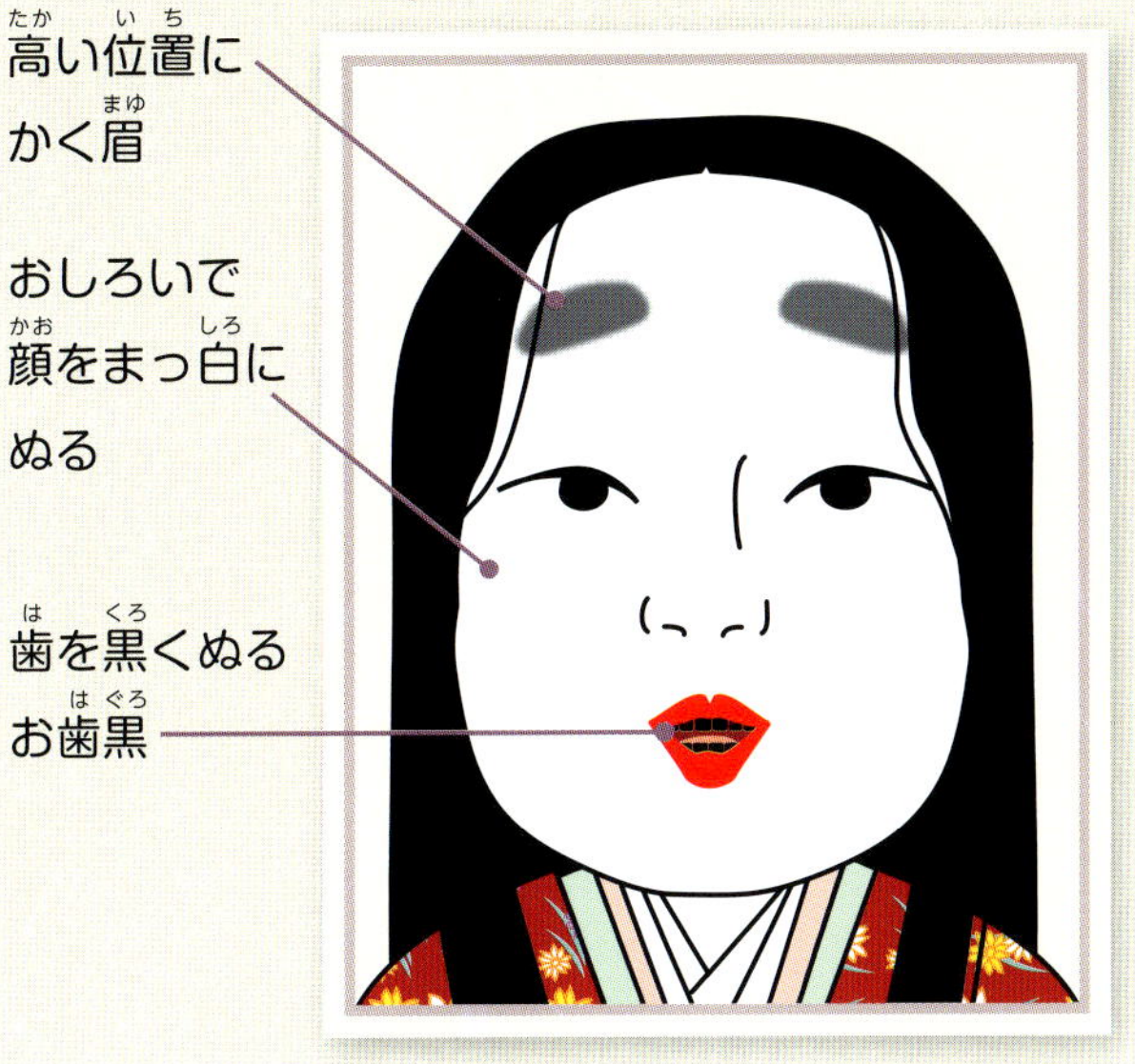
高《たか》い位置《いち》にかく眉《まゆ》
おしろいで顔《かお》をまっ白《しろ》にぬる
歯《は》を黒《くろ》くぬるお歯黒《はぐろ》

そんなふうにして、いつも虫たちに夢中になっておられた。女房《にょうぼう》たちが虫《むし》をこわがって逃《に》げるので、姫君《ひめぎみ》のお部屋《へや》はいつもドタバタの大《おお》さわぎだ。そんな女房《にょうぼう》たちを、姫君《ひめぎみ》は「やめなさい。そんなにさわいで、はしたない」と、黒々《くろぐろ》とした眉毛《まゆげ》でにらみつけるので、女房《にょうぼう》たちは困《こま》ってしまう。

私《わたし》はものごとの本質《ほんしつ》が大事《だいじ》だと思《おも》って、お化粧《けしょう》をしなかったの。結婚《けっこん》もイヤだったし、男《おとこ》が近《ちか》づいてこなくて、ちょうどよかったわ。

みな逃《に》げ…
キャ〜〜
遊《あそ》び相手《あいて》は男《おとこ》の子《こ》ばかり
しかも身分《みぶん》が低《ひく》い子《こ》たち
わあい♡
ほーら
メイクもしない
ありのーままのーー♪
自然《しぜん》が一番《いちばん》！
まったくあなたたちは！虫《むし》ごときで大《おお》さわぎしてみっともない！
ショボーン

用語解説《ようごかいせつ》

＊おぢ／おづ（おぢ惑《まど》ひ、ものおぢ、おぢわびて、おづる人《ひと》）……「怖《お》ぢ」。こわい。こわがる。困惑《こんわく》する。　＊ののしりける……大《おお》さわぎをしていた。　＊ばうぞくなり……無遠慮《ぶえんりょ》ではしたない。

コラム 3

絵巻《えまき》ってどんなもの？

絵巻《えまき》はもともと奈良時代《ならじだい》に中国《ちゅうごく》から伝《つた》わりました。中国《ちゅうごく》では仏教《ぶっきょう》を説《と》くための説話《せつわ》がえがかれましたが、日本《にほん》では物語文学《ものがたりぶんがく》と結《むす》びつき、「物語《ものがた》る絵《え》」として独自《どくじ》の進化《しんか》をしました。物語《ものがたり》や伝記《でんき》、戦記《せんき》、寺社《じしゃ》のいわれなどを、絵《え》と文章《ぶんしょう》でストーリーにした巻物《まきもの》です。絵本《えほん》やマンガを横《よこ》に長《なが》くつないだイメージです。

絵巻《えまき》はどうやってつくられたの？ どうやって見《み》るの？

絵巻《えまき》の用紙《ようし》は、何枚《なんまい》もの和紙《わし》を横《よこ》にはって長《なが》くつないである。長《なが》いものでは一〇メートルをこえるものも。絵《え》と文章《ぶんしょう》は別々《べつべつ》につくられ、あとではり合《あ》わされた。

絵巻《えまき》を読《よ》むときは、両手《りょうて》に絵巻《えまき》をもって、肩幅《かたはば》の六〇センチくらいに広《ひろ》げて見《み》る。長《なが》くて一度《いちど》には見《み》られないので、一つの場面《ばめん》を読《よ》み終《お》えると、右手《みぎて》で紙《かみ》を巻《ま》きとって、左《ひだり》にある次《つぎ》の場面《ばめん》を開《ひら》く、というように、右《みぎ》から左《ひだり》へ読《よ》んでいく。そうすることで、少《すこ》しずつ物語《ものがたり》が進《すす》む。

絵巻《えまき》の形式《けいしき》は二つ。一つは、文章《ぶんしょう》がメインで、そのワンシーンをさし絵《え》としてえがく「段落形式《だんらくけいしき》」。もう一つは、絵《え》がメインで、説明程度《せつめいていど》の文《ぶん》章《しょう》がそえられている「連続形式《れんぞくけいしき》」。中《なか》には、絵《え》だけで文章《ぶんしょう》がないものもある。

国宝《こくほう》に指定《してい》されている四大絵巻《よんだいえまき》

国宝《こくほう》に指定《してい》されている『源氏物語絵巻《げんじものがたりえまき》』『信貴山縁起絵巻《しぎさんえんぎえまき》』『伴大納言絵巻《ばんだいなごんえまき》』『鳥獣人物戯画《ちょうじゅうじんぶつぎが》』の四つを「四大絵巻《よんだいえまき》」とよぶ。いずれも平安時代末期《へいあんじだいまっき》～鎌倉時代初期《かまくらじだいしょき》につくられた。

作品名：慕帰絵々詞　巻5　所蔵先：国立国会図書館

絵《え》をかいているところがえがかれている絵巻《えまき》の『慕帰絵詞《ぼきえことば》』。畳《たたみ》の上《うえ》に紙《かみ》を広《ひろ》げ、絵《え》の具《ぐ》を並《なら》べている様子《ようす》や、詞書《ことばがき》を確認《かくにん》しているかのような僧《そう》が見《み》られる。

源氏物語絵巻

日本《にほん》に現存《げんぞん》するもっとも古《ふる》い絵巻《えまき》物《もの》。当時《とうじ》のベストセラーだった『源氏物語《げんじものがたり》』を、文章《ぶんしょう》だけでなく絵《え》でも楽《たの》しむためにつくられた。絵《え》は、絵具《えのぐ》や金《きん》ぱくなどを使《つか》って、美《うつく》しくえがかれている。

作品名：源氏物語絵巻　所蔵先：国立国会図書館

信貴山縁起絵巻

大和国《やまとのくに》(今《いま》の奈良県《ならけん》)の信貴山《しぎさん》にいた僧《そう》の命蓮《みょうれん》についてえがいた絵巻物《えまきもの》。命蓮《みょうれん》が特別《とくべつ》な力《ちから》を使《つか》って、鉢《はち》を空中《くうちゅう》に自由《じゆう》にうかせる話《はなし》など、ゆかいなお話《はなし》がえがかれている。

作品名：信貴山縁起　所蔵先：国立国会図書館

伴大納言絵巻《ばんだいなごんえまき》

八六六年《ねん》に起《お》きた応天門《おうてんもん》の変《へん》をめぐる、権力争《けんりょくあらそ》いをえがいた絵巻物《えまきもの》。伴《ばん》大納言《だいなごん》の伴善男《とものよしお》がライバルの左大臣《さだいじん》の源信《みなもとのまこと》に放火《ほうか》の罪《つみ》をきせるが、真相《しんそう》がばれて、島流《しまなが》しにあう話《はなし》。

作品名：伴大納言絵巻詞　所蔵先：国立国会図書館

鳥獣人物戯画《ちょうじゅうじんぶつぎが》

全《ぜん》四巻《かん》の絵巻物《えまきもの》。動物《どうぶつ》を人間《にんげん》に見《み》立《た》てた風刺画《ふうしが》や、当時《とうじ》は日本《にほん》にいなかった象《ぞう》やライオン、空想上《くうそうじょう》の竜《りゅう》などの生《い》き物《もの》、人間《にんげん》を主人公《しゅじんこう》にし、マンガ風《ふう》におもしろくえがかれている。

作品名：鳥獣人物戯画　所蔵先：高山寺　画像提供：東京国立博物館　Image：TNM Image Archives

人物《じんぶつ》で探《さぐ》る！日本《にほん》の古典文学《こてんぶんがく》 清少納言《せいしょうなごん》と紫式部《むらさきしきぶ》

※文学作品《ぶんがくさくひん》で、特《とく》にくわしく紹介《しょうかい》しているページには色《いろ》をつけてあります

監修　早稲田大学教育・総合科学学術院教授　福家俊幸

企画・制作　やじろべー
ナイスク　http://naisg.com
松尾里央　高作真紀　岡田かおり　鈴木英里子

制作協力　松本理恵子

デザイン・DTP　ヨダトモコ

イラスト　杉本千恵美　網瞬太

写真・資料提供　京都市歴史資料館／国立国会図書館／宮内庁三の丸尚蔵館／アマナイメージズ／東京国立博物館／誠心院／石山寺／京都国立博物館／PIXTA／宇治市商工観光課／高山寺

参考資料／参考文献　すぐわかる絵巻の見かた（東京美術）／源氏物語みちしるべ（小学館）／源氏物語入門（角川学芸出版）／新潮ことばの扉 教科書で出会った古文・漢文一〇〇（新潮文庫）／ＮＨＫにんげん日本史 紫式部と清少納言-貴族の栄えた時代に-（理論社）／調べる学習 日本の歴史１ 日本のはじまりと貴族の政治（国土社）／目でみる日本人物百科２ 文学・文芸人物事典（日本図書センター）／人物日本の歴史・日本を変えた５３人②（学習研究社）／平安時代 衣食住に見る日本の歴史４ 貴族と民衆のくらし（あすなろ書房）／新編日本古典文学全集（小学館）

※本書の原文は、『新編日本古典文学全集』（小学館）を参考にしました。底本により、表記・表現がちがう場合もあります。

※本書の原文は、声に出して読むことができるように適宜ヨミをつけました。原文の「御」については、「お」「おん」「おほ《(お)》ん」などと読む場合もありますが、特別な場合をのぞき、「おん」としました。

※旧かな使いによるヨミはひらがなの横に（　）付きで音を示しました。

※本書は２０１７年７月現在の情報に基づいて編集・記述しています。

人物で探る！ 日本の古典文学　清少納言と紫式部
枕草子　源氏物語　更級日記　竹取物語ほか

2017年9月15日初版第1刷印刷　　2017年9月25日初版第1刷発行

編集　国土社編集部

発行　株式会社　国土社
〒102-0094　東京都千代田区紀尾井町 3-6
TEL 03-6272-6125　　FAX 03-6272-6126　　http://www.kokudosha.co.jp

印刷　株式会社　厚徳社

製本　株式会社　難波製本

NDC 913・915・918　80P　29cm　ISBN978-4-337-27932-2 C8391